Einaudi. Stile Libero Big

Dello stesso autore nel catalogo Einaudi

Se la vita che salvi è la tua

Anime scalze

Fabio Geda
Una domenica

Einaudi

Pubblicato in accordo con Grandi & Associati, Milano

www.einaudi.it

ISBN 978-88-06-24186-5

Una domenica

a mia mamma, casa

C’è da scriverci un racconto:
prendiamo [...] un uomo che vive da solo tranne nei fine settimana quando un paio di nipoti scendono da Spokane.

RAYMOND CARVER

All'alba di quella domenica c'era mio padre, affacciato alla finestra della cucina, al terzo piano della casa di Lungo Po Antonelli. Guardava il fiume scorrere. Al di là c'erano le case di Madonna del Pilone e dietro ancora la collina, le foglie gialle e rosse degli aceri in attesa del primo sole. Aveva sessantasette anni ed era vedovo da otto mesi, durante i quali aveva scoperto di aver prestato nel corso della vita piú attenzione alle cose urgenti che a quelle importanti; ma a tale proposito, ormai, non c'era molto che potesse fare, se non dimostrare a se stesso e ai figli di saper attraversare il resto del tempo distinguendo con maggiore consapevolezza le une dalle altre.

Stava bevendo il caffè, lo sguardo attratto da un albero che il vento, forte in modo insolito per una città come Torino, aveva abbattuto la settimana precedente e che era crollato verso il fiume; ora gli uccelli ne affollavano i rami secchi, protesi sull'acqua come le dita di uno che ha traversato il deserto.

Si diresse in bagno; svuotò la vescica restando a lungo sulla tazza, poi spremette un ricciolo di dentifricio sullo spazzolino e strofinò con cura osservando allo specchio il viso illuminato di sbieco. Notò con soddisfazione che seppure radi sulla fronte i capelli grigi non stavano perdendo consistenza e che gli occhi segnati dalle occhiaie mantenevano una forza inquieta. Ciò su cui non aveva potere era la qualità della pelle: nell'ultimo anno – soprattutto dalla morte di lei – era diventata secca e fragile e una macchia era apparsa sulla tempia, seguita da altre, piú piccole, dello stesso colore: insieme formavano un disegno che ricordava quello di una costellazione. Si chinò per raggiungere il rubinetto con le labbra, prese un sorso d'acqua, lo frullò in bocca e sputò nel lavandino; lo scarico inghiottí il liquido cremoso che si era tinto di rosso. Colpa delle gengive. Ripeté l'operazione altre due volte, afferrò un asciugamano, aprí la finestrella che dava sul cortile e inspirò l'aria fredda del mattino.

Percorse il corridoio su cui si affacciavano le stanze dell'appartamento. La piú piccola era stata la camera di Alessandro. Adesso era uno studio, o forse un laboratorio, lui ci pasticciava con la colla, le forbici e i materiali di risulta con cui aggiustava oggetti o costruiva modellini. Mia sorella Sonia e io avevamo condiviso per vent'anni quella di fronte, la piú spaziosa. Ai tempi del liceo, per assicurarci maggiore intimità, mio padre l'aveva divisa con una parete in cartongesso che ora non c'era piú, ma che aveva lasciato un'ombra farinosa sul pavimento. Dallo stesso lato c'era la loro camera. Il letto matrimoniale di bambú su cui ognuno di noi era stato concepito con diversi propositi: posa della pietra angolare, verifica strutturale, ancoraggio. L'armadio laccato bianco con le foglie di palma dipinte con lo stencil custodiva ancora i vestiti di entrambi: li darò via, aveva detto, la settimana prossima, appena riesco. E poi: sí, ora ci penso.

In soggiorno c'erano il tavolo grande, la libreria, la televisione, le piante che lei curava con passione e ora apparivano sfiancate; le felci traboccavano ingiallite dai vasi e sulla sansevieria, a causa di una malattia batterica, erano spuntate delle macchie simili a lividi. Il tronchetto della felicità stava bene. Glielo avevamo regalato io e Sonia, non ricordo se a Natale o a una festa della mamma. Appese alle pareti c'erano molte foto, soprattutto di ponti, quelli cui papà aveva lavorato in Venezuela, in Libia, in Angola, in Paraguay.

Le porte delle stanze erano spalancate. Tutte. Trovava insopportabile vederle chiuse. Già erano vuote, che almeno respirassero.

(Un giorno, molti anni dopo, prima del ricovero, l'ho visto voltarsi di scatto nel corridoio come per cogliere in fallo un fantasma, e poi, nell'osservare la tenda sventolata dalla corrente, chinare la testa con un imbarazzo infantile.)

In cucina accese la radio e la sintonizzò sulle notizie del giorno, quindi osservò il tavolo di legno, i mestoli, le schiumarole, gli utensili di acciaio e silicone appesi ai ganci, la credenza. Aprí il frigorifero e ne studiò il contenuto tenendo ferma la porta con una mano. Sul pavimento c'erano le buste con la spesa del giorno prima. Avete presente un generale sulla collina prima della battaglia? Ecco: lui. Gli mancava solo il cannocchiale, mentre nella schiena c'era la paura di mettere in tavola per la figlia e le nipoti del cibo insipido o troppo salato, di sbagliare le dosi e spadellare una sorta di poltiglia – gli sguardi imbarazzati di Greta e Rachele diretti alla madre: non hanno fame, scusale, abbiamo fatto colazione tardi. Lo immagino distrarsi solo sfiorando con lo sguardo il foglietto di carta azzurra su cui Sonia aveva scritto il mio nuovo numero di cellulare, ancorato al frigo da un magnete a forma di pesca. Sopra ci aveva aggiunto «chiamala», con un punto esclamativo.

Quella domenica mattina papà lo osservò a lungo, cosí mi disse.

Poi, trovando insopportabile averlo lí, come una luce puntata in faccia, lo staccò e lo spostò sulla bacheca dell'ingresso; gli rivolse un'ulteriore occhiata, quindi girò sui tacchi e tornò in cucina.

Questa è una cosa che ricordo bene: avevo dieci anni e un pomeriggio, pochi giorni prima di Natale, papà mi portò a pattinare sul ghiaccio. Sonia era a nuoto e Alessandro a una festa a casa di un compagno di classe. L'affittapattini ce l'ho davanti agli occhi, un tizio con una barba rossa da vichingo e un cappello da folletto. Me ne diede un paio color melanzana che sembravano appena usciti dalla fabbrica mentre i suoi, quelli di papà, erano azzurri e usurati. L'impianto diffondeva classici natalizi cantati da un coro di bambini.

Io stavo a malapena in piedi. Lui invece era bravo. Come sempre. All'epoca avevo l'impressione che sapesse fare tutto con una naturalezza implacabile.

Mi strinse entrambe le mani e pattinando all'indietro mi trascinò per la pista. Lo guardavo dritto negli occhi e i suoi occhi avevano il colore dei boschi, come i miei. Ho il ricordo che fossimo soli, che non ci fosse altra gente – non era vero, ma la sensazione era quella: che con le dita allacciate stessimo piroettando in silenzio al centro di un gigantesco lago ghiacciato mentre una foschia setosa, profumata di vaniglia, si srotolava attorno a noi, aprendosi al passaggio e separandoci dal mondo. Oggi direi dalla meschinità, dai livori ingiustificati. E quando perdevo l'equilibrio lui mi sosteneva. E quando la lama del pattino s'incagliava nel ghiaccio una pressione lieve delle dita era sufficiente a farmi ritrovare confidenza. Scorgevo ombre sotto di me. Ombre enormi. Avevo l'impressione che oltre la superficie traslucida e brinata nuotassero delle balene. Tutto ciò dietro Torino Esposizioni, a un passo dal traffico e dai venditori di lecca lecca chimici.

Di questo era capace, mio padre.

Cominciò a nevicare. Eravamo all'aperto. Non sarei mai voluta andare via. Sarei rimasta lí con lui per sempre a barcollare sul ghiaccio; fossi caduta mi avrebbe dato un bacio sul livido e il male sarebbe svanito d'incanto. C'eravamo solo io, lui e le balene. Ascoltando *Last Christmas* degli Wham. Cantata da una bambina che, ne ero sicura, portava ai denti il mio stesso apparecchio.

Mio padre aveva trascorso il sabato a predisporre il menu cercando di ricordare quali fossero i piatti preferiti di Sonia, Greta e Rachele. Del genero non si era preoccupato: amava l'Arneis e di quello c'erano sempre un paio di bottiglie in fresco.

Per Sonia aveva deciso di preparare le cipolle ripiene, il budino di Seirass e le tagliatelle di borragine. Per le nipoti pollo in gelatina e soma d'aj. Alla fine zuppa inglese e baci di dama con il caffè. Erano i piatti della tradizione. La nostra. Quelli su cui in famiglia col passare del tempo si erano accumulati aneddoti e memorie, e a parte i baci di dama, confezionati, sapeva che acquistarli in gastronomia sarebbe stata una truffa, un tradimento inaccettabile. Quando aveva deciso di invitarli sapeva che avrebbe dovuto mettersi ai fornelli, cosa che non aveva mai fatto. E sapeva anche che avrebbe dovuto affrontare il quaderno rosso di mamma, quella specie di moleskine gigante che aveva fatto parte della nostra vita da prima della nascita di Alessandro e che da piccoli ci seguiva persino in vacanza.

Sebbene non lo avesse mai aperto – negli ultimi otto mesi non aveva avuto ospiti e per la sopravvivenza si era affidato a sughi confezionati e fette di pollo alla griglia con insalata di pomodori – non c'era stato giorno in cui papà non lo avesse sfiorato con un dito, sentendo una talpa mordergli la punta dei piedi. Quando il giorno prima l'aveva preso in mano e, sfogliandolo in cerca delle ricette che gli servivano, aveva riconosciuto la scrittura di mia madre – quel modo di fare la *s* con uno svolazzo, una leziosità che non le si addiceva, lei cosí veloce e pragmatica, e le *t* con la stanghetta piú lunga del necessario – era rimasto senza fiato. Aveva accarezzato le pagine con una meticolosità da cieco per sentire la profondità delle incisioni lasciate dalla penna e gli occhi si erano riempiti di lacrime.

A quel pensiero, già che c'era, strappò la retina in cui erano conservate le cipolle. Guardò oltre la finestra e vide il cielo terso farsi ogni secondo piú luminoso. Si scrollò di dosso il torpore e iniziò ad ammucchiare sul tavolo il necessario seguendo lo schema appuntato su un foglio. Una voce roca, alla radio, parlava di una collettiva a Roma, al Palazzo delle Esposizioni: «ventuno gli artisti selezionati, dieci i designer, settanta le opere scelte spaziando tra diversi materiali, unica esclusa la plastica, in passato legata a una certa ricerca artistica, ma oggi giudicata controversa per le implicazioni ambientali...» Aveva appena tirato fuori dal frigo la carne per il ripieno delle cipolle quando suonarono alla porta. Una voce chioccia sbraitò un «Ciao!» che rimbombò sul pianerottolo, e lo ripeté altre cinque o sei volte, con un tono identico, prima che lui prendesse anche solo in considerazione l'ipotesi di aprire.

Papà aveva girato il mondo per quarant'anni progettando ponti e viadotti. La sua famiglia era di Como. Lui si era laureato in Ingegneria a Milano. Grazie a un amico di famiglia era stato assunto da un'azienda all'epoca piuttosto importante, con discrete entrature politiche e interessi sparsi in una quindicina di nazioni: dighe, impianti idroelettrici, ferrovie. E ponti – *ponti ponti ponti*. Che amava sopra ogni cosa e di cui aveva scelto di occuparsi. Aveva fatto carriera in fretta, e aveva accolto questo dato senza stupore, piuttosto come il maturare degli eventi: sapeva di essere competente e dava per scontato che il mondo dovesse accorgersene.

Quando non era in viaggio ci parlava del lavoro, dei posti in cui era stato, delle persone che aveva conosciuto, della vita in cantiere – una *parte* della vita in cantiere – e degli imprevisti che trasformava in appassionanti avventure – quella volta in cui era arrivato un temporale, no no, aspettate, un uragano, o l'altra in cui erano stati invasi dalle cavallette, invasi, ve lo giuro, una cosa biblica. Ci raccontava dei tempi, che considerava mitici, in cui per costruire i ponti si deviavano i fiumi e si aspettava che il fondo asciugasse per predisporre le centine su cui posare i conci sino alla chiusura definitiva delle volte. In quei racconti infarciti di parole difficili e particolari tecnici c'era un momento – c'era sempre – in cui all'improvviso taceva cercandoci con gli occhi, muovendoli rapidi, destra-sinistra, sinistra-destra, supponendo che da qualche parte, nel corso della spiegazione, ci fossimo persi.

Attendeva una domanda. Le considerava espressione d'intelligenza e noi stavamo al gioco: gli chiedevamo cos'erano le centine e i conci, ci facevamo spiegare il ruolo delle maestranze e incoraggiavamo i dettagli piú curiosi. Mamma andava avanti a mangiare, a sparecchiare, portava il dolce, e intanto sorrideva, come quando a teatro si guarda uno spettacolo conosciuto anticipando le battute. Papà muoveva l'aria con le dita chiosando, avete presente, che le centine sono le strutture provvisorie che reggono le opere in muratura prima che siano completate e i conci i blocchi di pietra usati per la costruzione degli archi e che i conci possono essere di forme diverse a seconda dell'uso e se fatti ad arte possono fare a meno della malta per restare uniti e.

Raccontava di come, tolte le centine, i ponti potessero diventare dei monoliti e inserirsi nel panorama come fossero intagliati dai venti e dal ghiaccio. Se Alessandro – lui di solito – martoriando i piselli e le carote con la forchetta, sottolineava, che so, che i ponti potevano anche crollare, che ci sono eventi catastrofici come i terremoti o le alluvioni in grado di spazzarli via, papà sfarfallava le mani e rispondeva certo, cosí come si sgretolano le scogliere e si appiattiscono le montagne. Non teneva conto dell'incuria dell'uomo, mio padre, della superficialità e dell'incompetenza. Non le contemplava. Non quando si parlava di ponti.

Lui e mamma si erano incontrati a casa di amici comuni a una festa di Capodanno. Lei aveva ventotto anni, lui due di meno. Il fine settimana dell'Epifania l'aveva inseguita a Nizza mentre si trovava con la famiglia da alcuni parenti. Vedendolo scendere dall'auto lungo la promenade des Anglais, lei, che stava passeggiando con i genitori e due zie, lo aveva trattato con freddezza, dicendosi oltremodo seccata per quella apparizione – tra l'altro, mi ricorda il suo nome? – ma al ritorno gli aveva telefonato recuperando il numero dagli amici da cui si erano incontrati a cena. Si erano sposati due anni dopo. Dato che la famiglia di mamma abitava a Torino e lui era in viaggio per lunghi periodi, anche in posti molto lontani, trasferte che potevano durare settimane o mesi – in Venezuela, l'anno della mia seconda liceo, restò da fine agosto a poco prima di Natale senza mai tornare in Italia – scelsero di prendere casa vicino ai nonni, e con l'aiuto di entrambe le famiglie acquistarono l'appartamento su Lungo Po Antonelli.

Sonia arrivò subito. Poi io. Alessandro quattro anni dopo.

All'epoca mamma era impiegata in uno studio notarile. Quando nacque Sonia chiese di poter passare a tempo ridotto. Con me lasciò l'impiego. Papà guadagnava parecchio, non era necessario che lei lavorasse, poteva stare a casa, fare la madre e attendere il suo ritorno. Aveva sofferto nell'abbandonare la carriera? Si era sentita ferita, defraudata? Ciò che posso dire è che mamma non era fatta per i rimpianti e raramente tornava sulle decisioni. Avessi avuto la consapevolezza che ho oggi glielo avrei chiesto, le avrei fatto domande precise; detto questo, sono certa che non dev'essere stato facile, perché lei, ecco, avrebbe potuto fare qualsiasi cosa, *qualsiasi*, era una donna brillante e allegra, con un sarcasmo pungente che sapeva controllare quel tanto da non mettere in imbarazzo l'interlocutore, ma di cui si serviva nei momenti piú opportuni, come a dire: non ci provare, con me, bellezza!

Si era laureata in Giurisprudenza. Amava l'insieme delle norme che regolano i rapporti all'interno di una comunità, quel delicato equilibrio tra diritti e doveri cui non ha mancato di educarci. È stata rappresentante di classe per ciascuno di noi in quasi tutti gli anni della nostra vita scolastica. A settembre ci aiutava a foderare i libri di scuola in modo che non si rovinassero e ci invitava a sottolineare e a prendere appunti a matita perché potessimo rivenderli l'anno successivo. Se penso alla naturalezza con cui gestiva l'economia domestica e all'ingenuità con cui la governo io...

Le piaceva muoversi per casa ascoltando la radio, spostare oggetti in cerca di una migliore armonia e aveva una passione per gli origami che si divertiva a ricavare da ogni rettangolo di carta le capitasse sottomano, persino dagli scontrini; aveva imparato frequentando un corso tenuto da una giapponese, moglie di un professore del Politecnico, che abitava al di là del fiume. Era felice quando invitavamo gli amici a giocare o studiare, e se intorno alle sei non erano ancora andati via non mancava mai di chiedere se desideravano fermarsi a cena.

Solo una volta la vidi in preda al panico. Accadde un pomeriggio di aprile. Io avevo nove anni. Alessandro cinque. Eravamo ai giardinetti e mentre lei parlava con un'altra mamma Ale si era arrampicato su un castello di ferro, aveva perso l'equilibrio ed era caduto schiantandosi sul selciato. All'epoca non c'erano le pavimentazioni antitrauma che si usano oggi. Quando mamma lo tirò su prendendolo per le ascelle la faccia di mio fratello era un pasticcio di carne, sangue e brecciolino; sembrava avere due bocche perché il mento si era spaccato sotto il labbro inferiore tanto da lasciar intravedere i denti che dovevano ancora crescere.

Non eravamo lontani dall'ospedale Gradenigo. La cosa piú logica da fare sarebbe stata entrare di gran carriera al pronto soccorso, invece, chissà perché, decise di caricare me e Alessandro in macchina e visto che papà non c'era e lei tremava tanto da faticare a parlare ci portò dai nonni in Borgo Vittoria. Vedendo Ale in quelle condizioni nonno si mise le mani nei capelli. Chiese a mia madre cosa diavolo era andata a fare lí da loro – cosa pretendeva, che gli mettessero un cerotto? Senza aggiungere altro lasciò me con la nonna, caricò Ale e mamma sulla sua Renault e corse in ospedale.

Anni dopo, ricordo, avrò avuto diciassette o diciotto anni, un giorno, dopo pranzo, mentre mamma stava lavando i piatti, la vidi portarsi la mano sporca di schiuma alla fronte e colpirsi con il palmo, una, due, tre volte, scuotendo la testa e salmodiando una serie di che stupida che stupida che stupida. Mi avvicinai per chiederle cos'era successo. Lei mi guardò con gli occhi lucidi, aveva della schiuma incollata a una ciocca di capelli, mi guardò e disse: «Che stupida sono stata...» Aveva un'espressione sconvolta. «Come ho potuto...» Le dissi che non capivo. «Alessandro... quando è caduto dal castello di ferro. Perché non l'ho portato subito in ospedale?» Mi venne da sorridere. Dissi: «Ehi, ma che ti prende? Sono passati un fracasso di anni. Aspetta, quanti anni sono passati? Forse nove. O dieci». Le vedevo il petto gonfiarsi sotto la camicetta. Era stravolta dal rimorso. «Come ho potuto? Sono stata cosí stupida, – ripeteva. – Cosí stupida...»

Andrea disse «Ciao!» un'altra volta quando si accorse del rumore dei passi dietro la porta, poi lo ripeté quando sentí la chiave girare nella toppa e ancora quando la porta si aprí. Era il figlio della vicina. Non ti guardava mai in faccia. Aveva sedici anni ma si comportava come ne avesse cinque. Portava i capelli lunghi sulle orecchie e sugli occhi. Quel giorno indossava una tuta rossa dell'Adidas, giacca e pantaloni – adorava le tute dell'Adidas.

– Andrea...

– Prende in giro le persone.

– Cosa?

– Prende in giro le persone.

Papà chiuse gli occhi e si massaggiò le palpebre con la punta delle dita. – Andrea, sai che ore sono? Non dovresti suonare alla gente a quest'ora. Sono... – Guardò l'orologio. – Non sono neppure le otto, cristo santo. È domenica. Dov'è tua madre?

– Dorme. Lei dorme.

– Be', quando lei dorme dovresti stare a casa a leggere o non so. In camera tua.

– Sí, ma aspetta... prende in giro le persone, – e rise come avesse detto qualcosa di davvero buffo.

– Chi?

– Devi dirlo.

– Chi prende in giro le persone? Qualcuno ti ha preso in giro?

Andrea sghignazzò ancora piú forte con una specie di risucchio, battendosi le cosce e tutto quanto e fece un gesto strano con la mano come per scacciare una mosca dal naso. – No. Non hai capito. Non hai capito. Devi indovinare.

– Andrea, scusa, non ho tempo adesso, io... – Indicò con il pollice un punto imprecisato dietro la schiena. – Ho da fare. Perdonami.

– No no no. Dài. Indovina. Indovina.

– Cosa devo indovinare? Chi è stato a prenderti in giro?

– Nessuno mi ha preso in giro.

– Andrea, hai ragione, non sto capendo...

– Prende in giro le persone. Ma è facile!

– È un gioco? Stai giocando?

Andrea portò un dito alla guancia come fanno i bambini per dire che un cibo è buono, poi un pensiero diverso gli attraversò lo sguardo. – Dove sei stato tutto questo tempo?

– Io?

– Dove?

– Non sono stato da nessuna parte, Andrea. Lo sai. Non vado piú da nessuna parte.

– Ho visto una lucertola.

Papà aggrottò le sopracciglia e non disse nulla.

– L'hai vista anche tu?

– Sí.

– Dove?

– A volte ne vedo lungo il fiume.

– La mia era sul marciapiede davanti al supermercato.

– No, – disse mio padre, – quella non l'ho vista.

– Devi imparare a guardare mentre cammini. Chi ti credi di essere?

– Andrea... vuoi un cioccolatino al rum? Credo di averne ancora un paio.

Andrea si coprí la faccia con le mani e spiò a destra e a sinistra attraverso le dita, lungo il pianerottolo, come per controllare che non arrivasse nessuno; due occhi eccitati sbucavano tra indice e medio e tra i palmi permeava una risata trattenuta.

– Lo vuoi?

Andrea annuí goloso, senza staccare le mani dalla faccia.

– Aspettami qui.

Dalla cucina arrivava la voce di un giornalista che stava intervistando una deputata europea sulla possibile riforma della Convenzione di Dublino – «non è per questo, il fatto è che le quote di ripartizione sono ancora osteggiate, in particolare dai paesi del gruppo di Visegrád, la Polonia ad esempio, e la Repubblica Ceca e la Slovacchia». Mio padre apparve con un cioccolatino, senza carta, di quelli delle scatole che si usavano una volta, o forse ancora oggi, non so, è un pezzo che non ne vedo – «non si è espresso il Regno Unito, mentre gli altri paesi dell'Unione hanno lasciato la porta aperta al negoziato; e sí, c'è la Grecia, Malta e Cipro, che hanno sempre condiviso le nostre stesse posizioni sulla necessità di introdurre delle quote». Andrea saltellò sul posto come se avesse urgenza di andare in bagno.

– Eccolo qui. Ce n'era ancora uno.

– Al rum?

– Al rum.

Andrea lo agguantò e se lo infilò in bocca usando il palmo per spingerlo dentro, poi leccò la mano su cui era rimasta una traccia di cioccolato, e in quel gesto mio padre riconobbe una spensieratezza, un'indifferenza alle regole, che sul momento gli fece bene, come rientrare a casa d'inverno e mettere le mani fredde sotto l'acqua calda, ma che dopo, invece, una volta convinto Andrea a tornare da sua madre, chiusa la porta, gli lasciò addosso una specie di nostalgia che cercò di scrollarsi di dosso. Inutilmente. Perché la vista del quaderno rosso delle ricette aperto sul tavolo e della calligrafia di mamma, subito, e ferocemente, la acuí – «il fatto è che serve coraggio, non possiamo continuare a recitare a braccio, ha dichiarato il portavoce dell'Alleanza Progressista al Parlamento europeo».

Se mi sono innamorata del teatro è stato grazie a mia madre, questo è sicuro.

Lui non mi ha mai incoraggiata.

Era lei che mi portava agli spettacoli per bambini, lei che mi ha iscritta al primo corso di recitazione e mi ha invitata a coltivare quella passione goffa che poi con gli anni si è faticosamente trasformata in un mestiere. A lui sembrava – era chiaro – una perdita di tempo. Mio fratello studiava Chimica. Ah! La chimica! Ricordo quella parola riempirgli la bocca come una fetta di strudel. Mia sorella Scienze dell'educazione, che per nostro padre era una materia già eccessivamente incorporea – oh sí sí, niente centine a puntellare quei mutaforma adolescenti, niente conci che li rendano eterni – ma di cui in qualche modo intuiva l'utilità, credo, anche solo in termini economici: meno delinquenza, meno dispersione scolastica, meno costi sociali. Il teatro, invece. Il teatro è una cosa che va bene se lo fanno gli altri. Se ci vai. Non se lo fai. Viverci, *cercare* di viverci, questo no. Non me lo ha mai detto, ma lo ha sempre pensato, lo so.

È capitato un paio di volte che lui non fosse in viaggio quando io avevo uno spettacolo. Me le ricordo entrambe. Posso, ad anni di distanza, evocare quell'esatto senso di imbarazzo e soggezione. La prima avevo sedici anni e mettevamo in scena *Trappola per topi*, la seconda, a ventuno, ero Petra Stockmann in *Un nemico del popolo* di Ibsen. Ero terrorizzata dalla sua presenza – terrorizzata. La platea era radioattiva. Emetteva segnali che io registravo con il contatore Geiger che qualcuno doveva avermi installato di nascosto al posto dei polmoni. Non sapevo dove fosse seduto, ma ne percepivo la presenza. Non lo vedevo, ma lo intuivo guardare l'orologio, scrutare il collo delle persone sedute davanti a lui, trovare un neo vagamente ripugnante e sospirare e cercare la mano di mia madre per avere qualcosa di caldo su cui concentrarsi e giocare con gli anelli di lei e forse avere voglia di baciarla e pensare a quando, tornati a casa, avrebbero fatto l'amore. So che lui la desiderava sovente – li sentivo. Quando, accese le luci, l'intero teatro si era alzato in piedi per applaudire, io avevo individuato mamma, in sesta fila, grazie al buco nella folla al suo fianco.

La domenica stava prendendo consistenza. Il giorno si accumulava attorno agli arredi urbani, agli alberi, ai lampioni, ai furgoncini parcheggiati, sfiorava le finestre facendo tintinnare i vetri e suonava con lunghe dita le ringhiere dei balconi. I bambini, nelle case in cui c'erano, si rigiravano tra le coperte, i gatti sbadigliavano stiracchiandosi, e papà mise sul fuoco una seconda caffettiera e cominciò a darci dentro con la cucina.

Per le cipolle ripiene si era lasciato consigliare dalla signora del mercato e ne aveva acquistate dieci di medie dimensioni, di una qualità tonda. Il quaderno che parlava con la scrittura di mamma suggeriva di lessarle in acqua salata per venti minuti, scolarle e sfogliarle con attenzione in modo da ottenere da ogni cipolla piú involucri da riempire. Mentre le lessava si dedicò alla carne macinata. La fece rosolare – non aveva mai rosolato nulla in vita sua – aggiunse il riso e bagnò tutto con due bicchieri di latte. Rimase lí a rimestare. Quando vedeva il riso asciugarsi troppo aggiungeva del brodo. L'odore della carne gli fece venire fame. Aprí il sacchetto dei grissini, ne prese uno, ne staccò metà con un morso e il resto lo rosicchiò lentamente, come uno scoiattolo. Ascoltava le notizie senza prestare attenzione. Non pensava a niente in particolare. Solo stava. Immerso nell'odore del cibo. Come Proust aveva raccontato con precisione parlando di dolcetti burrosi ben prima che i neuroscienziati dimostrassero la connessione diretta tra gusto e ippocampo, il centro della memoria a lungo termine, lasciò che la mente evocasse immagini che lo strattonarono indietro nel tempo. Non in un certo istante di una precisa giornata, che so, dentro un aneddoto – no, piuttosto in un'atmosfera: tipo quelle volte che tornato da un viaggio si era svegliato tardi con il peso del jet lag nelle gambe e prima ancora di avere la forza di trascinarsi giú dal letto aveva sentito sfrigolare una padella ed era entrato in cucina di soppiatto, e dove ora si trovava lui c'era lei, mia madre, e l'aveva stretta a sé, premendole una mano sulla pancia, affondando il naso tra i suoi capelli, baciandole il collo, e lei, senza smettere di mescolare, o qualsiasi altra cosa stesse facendo, aveva sollevato un braccio all'indietro arcuando la schiena, chiudendo gli occhi, ansimando appena e sfiorandogli le orecchie.

(No, non posso dire che non la amasse. Non è questo il punto.)

Usò un uovo per amalgamare la carne e il riso. Non c'era scritto se doveva sbatterlo, ma gli parve sensato farlo. Aggiunse del pepe e del parmigiano grattugiato che gli sfuggí piovendo sul piano di cottura; cercando di rimediare toccò la padella bollente con un dito, lo ritrasse di scatto e lo portò alla bocca imprecando.

Per un paio d'ore andò avanti cosí, consultando il quaderno delle ricette di mamma, cercando informazioni in rete per capire cosa intendesse con «incorporare al Seirass gli albumi montati a neve» o «fare dei tagli trasversali per facilitare la cottura», sporcando e pulendo. Si sentiva goffo e inadeguato, ma anche eccitato. Temeva di fare tutta quella fatica per niente, per poi ritrovarsi con della robaccia, ma si emozionava nell'assaggiare e scoprire che in fondo il gusto del ripieno delle cipolle non era affatto male, anzi.

Certo, si chiese piú di una volta, maledicendosi, perché avesse avuto la sconsiderata idea di invitare Sonia, Marco e le bambine a pranzo a casa. Di solito quando scendevano a Torino andavano in una bocciofila lungo la Dora dove loro adulti potevano chiacchierare e le bambine scorrazzare tranquille inseguendo i gatti e le paperelle. Ma il fatto è che poi – accadeva sempre – intorno alle quattro, nonostante lui insistesse per passare da casa per un altro caffè o per usare il bagno, finiva che loro non salivano mai, che lo lasciavano davanti al portone e via, con la scusa che avevano un'ora di macchina da fare e qualcosa da sbrigare nell'orto o delle mail da mandare e le bambine erano stanche, domani scuola, compiti da finire. Invece lui ci teneva che le pareti della casa di Lungo Po Antonelli si impregnassero di voci, di tanto in tanto: le avrebbero rilasciate un poco alla volta, le avrebbe sentite echeggiare come una radiazione di fondo per qualche giorno.

Preparata la crema per la zuppa inglese – «a poco a poco comincerà ad addensarsi», aveva scritto mia madre, «sarà pronta quando velerà il cucchiaio e la schiuma in superficie sparirà del tutto» – la tolse dal fuoco e la mise da parte. Si erano fatte le undici e mezza. Apparecchiò il tavolo in sala e cominciò a portare ciò che poteva, ma conoscendo Sonia sapeva che non sarebbero arrivati prima dell'una cosí, quando non ebbe altro da fare, si vestí e uscí a comprare il giornale.

C'era una luce strana, pulviscolare. Si ritrovò a camminare rasente il muro per via del vento anomalo. In edicola incontrò una persona che conosceva. Non proprio un amico, non è che a Torino si fosse mai fatto grandi amici lui, piú che altro uno che gli era capitato di frequentare anni prima a causa di mamma e delle sue cene con i genitori dei nostri compagni di classe. Era basso e indossava un gilet da pescatore, uno di quelli con le tasche ovunque, un tipo di indumento che papà aveva sempre trovato particolarmente ridicolo. L'uomo lo salutò e con l'entusiasmo di uno che aveva scovato un Van Gogh in soffitta gli annunciò che si sarebbe trasferito in campagna.

Mio padre sgranò appena gli occhi come a dire *però!*, sperando che bastasse. Pensò anche di fare una battuta sul gilet, ma si trattenne. Lui non sapeva essere sarcastico come mamma, aveva un modo di dire le cose che rischiava di offendere. Ma insomma, nonostante ciò qualcosa traspari perché l'uomo chiese: – Dici che è una sciocchezza?

– Scusa?

– C'è chi lo dice.

– Cosa?

– Che è una sciocchezza.

– Non saprei...

– Sii sincero, – insistette l'uomo.

– Siamo in democrazia. E una delle cose buone della democrazia è che possiamo scegliere di vivere dove ci pare.

– Ma?

– ...

– Te lo leggo negli occhi che c'è un *ma*.

Aveva ragione: c'era. – No, – disse. – Non c'è nessun *ma*.

– Ascolta questa, – fece il tipo. – Stammi a sentire. Il figlio di un amico viveva a Roma, dove lavorava come rappresentante di abbigliamento, poi quando la crisi ha colpito duro ha tirato fuori il sogno dal cassetto: aprire una gelateria. E sai cos'ha fatto?

– Ha aperto una gelateria?

– Esatto. E si è trasferito alle Baleari. Il mio amico dice che è dimagrito e che ha sulla faccia un sorriso che non gli ha mai visto.

– Quella però è una questione di lavoro.

– Ma mica c'è solo il lavoro, c'è anche il piacere di cambiare...

– Sí, ma intendo... l'esempio che hai fatto. Se è una questione di lavoro è un'altra cosa.

– Vedi che c'è un *ma*. Avevo ragione.

– Sto solo cercando di seguire la logica del discorso.

– E dove ti porta la logica del discorso?

– Be', che tu, tanto per dirne una, non ti stai trasferendo perché *devi*.

– E non va bene?

– Non ho detto questo.

– Ma sembra sia quello che intendi dire.

– Senti, lasciamo stare...

– No. Sono curioso.

– È solo che sembra che la gente non sappia piú vivere a casa propria.

L'uomo corrugò la fronte. – E questo è un problema?

Papà non rispose subito. Ci pensò e poi: – A volte è un problema per chi resta, – disse.

L'uomo annuí, ma si vedeva che non aveva capito. – Sai cosa penso? Farebbe bene anche a te cambiare aria.

Papà si domandò se in quella frase ci fosse un riferimento alla morte di mamma. Osservò l'uomo in silenzio, senza espressione. Cercò di ricordare se si fossero visti al funerale. Era probabile, ma di quel giorno rammentava solo particolari sciocchi, come la bambina che in chiesa aveva attaccato la gomma da masticare sotto la panca per liberare la bocca prima della comunione. Prese il giornale dalla pila, lo pagò e fece per uscire senza aggiungere altro, ma l'uomo lo seguí per strada. Chiese di noi, noi figli, con gentilezza e curiosità. Papà ebbe l'impressione che si sentisse in colpa per aver detto qualcosa di sconveniente e volesse ricucire. Lui allora gli raccontò di Alessandro a Helsinki e di Sonia a Biella, senza dilungarsi. Poi l'uomo chiese di me. Non ricordava il mio nome, ma sapeva che c'era un'altra figlia, quella di mezzo. Papà piroettò sulla domanda dicendo, sai, ognuno fa la sua strada, e aggiunse che l'importante era saperci felici e altre banalità del genere.

Camminarono uno accanto all'altro in silenzio per un paio di isolati, andavano nella stessa direzione. Poi l'uomo, accorgendosi di un fioraio, disse qualcosa a proposito di una pianta che lui e la moglie tenevano sul balcone e aveva a che fare con mia madre, perché era stata lei a salvargliela una volta che l'avevano quasi fatta morire. A quel punto trovò il coraggio di affrontare l'argomento di petto e s'informò su come andavano le cose; insomma, immaginava che non doveva essere facile. Papà bofonchiò qualcosa, parlò di alti e bassi, disse che erano otto mesi, già otto, e il tempo era una discreta medicina. L'uomo annuí e assunse un'aria complice come sapesse di cosa stava parlando, anche se in realtà, di nuovo, non ne aveva idea, perché non c'era mai passato.

Lo vedo, mio padre, attraversare la strada dopo un saluto smozzicato, il sole forte in faccia tanto da strizzare gli occhi, e pensare che l'ultima cosa detta fosse una stronzata. Ma quale medicina, sbuffò tra sé.

Tornò a casa. Decise di non prendere l'ascensore e fece le scale come gli aveva consigliato il medico. Si stava pulendo i piedi sullo zerbino quando udí suonare il suo telefono attraverso la porta. L'aveva scordato sul mobiletto dell'ingresso.

Che non erano buone notizie, chissà come, lo intuí dallo squillo.

– E niente, stiamo andando al pronto soccorso.

La voce di Sonia era compassata come sempre, una dote forgiata dal mestiere, ma lo spavento lo si percepiva ugualmente, rintanato tra le parole: lo si sentiva ansimare come una volpe ferita.

Rachele, la piú piccola delle figlie, sette anni compiuti a settembre, era caduta dall'albero di cachi mentre cercava di raccoglierne di maturi da portare al nonno. Era l'albero preferito della famiglia. Era già lí quando avevano scelto la casa. Agli amici dicevano che era il motivo principale per cui si erano infatuati di quel luogo, e non scherzavano cosí tanto com'era lecito pensare.

Quando erano andati a vederla tutti e quattro insieme, Sonia, Marco, Greta e Rachele, era gennaio, tra Capodanno e l'Epifania. Aveva nevicato da poco, giusto una spolverata. La terra nera e grassa emergeva da sotto il muschio e il cielo era velato di foschia: appariva dietro, come un reticolato di vene sul collo di un bambino. La casa a due piani era anonima, mattoni e infissi di metallo brunito; era vuota da parecchio e aveva bisogno di essere ristrutturata. Ma in direzione del bosco e del torrente c'era questo enorme cachi, senza foglie, carico di frutti arancioni; ce n'era una valanga, tanti da chiedersi come quei rami scheletrici potessero sopportarne il peso. Greta e Rachele erano corse a ballarci attorno, una danza sbilenca e gioiosa come in un cartone di Miyazaki, saltellando per evitare i frutti caduti. Marco aveva raccontato che il cachi è considerato un albero fortunato perché ne era sopravvissuto un certo numero al bombardamento atomico di Nagasaki, e per due come Marco e Sonia una cosa cosí valeva piú di un impianto di riscaldamento funzionante o dell'allacciamento al sistema fognario.

Papà era seduto al tavolo della cucina. – Ma come sta?

– Il braccio è rotto, – rispose Sonia. – Su questo non ci sono dubbi. Ma niente di esposto per fortuna –. Poi: – Oddio! Papà, ti ricordi quel tizio che si è rotto la gamba sciando, davanti a noi... dov'eravamo?

Lui allontanò il telefono dall'orecchio, come per schivare le parole che avrebbero potuto rievocare quell'immagine. Era successo un sacco di tempo prima. Sonia era adolescente. Erano a Bardonecchia. Loro due, vicinissimi, erano stati i primi ad accorrere dopo lo schianto dell'uomo contro il pilone e a notare la ripugnante tensione sotto i pantaloni in Gore-Tex, all'altezza della tibia.

Si massaggiò la fronte. – Non so come raggiungervi, – disse.

– Raggiungerci?

– Ho portato la macchina dall'elettrauto. Me la restituiscono martedí.

– Non serve che ci raggiungi. Cosa potresti fare?

– Non so... Non dovevate farla arrampicare sull'albero –. Nella voce c'era una crepa di cui lui stesso si accorse e di cui un poco si vergognò.

– Papà, viviamo in campagna. È come impedire a un bambino di città di attraversare una strada –. Il telefono portò il piagnucolio sommesso di Rachele e la voce di Marco che diceva qualcosa a proposito del fatto che in ogni caso non doveva arrampicarsi *cosí in alto*. Sentí Sonia dire che sono cose che capitano. – Il rischio fa parte del divertimento. Vuoi che te la passi?

– ...

– Papà.

– Dici a me?

– Sí.

– Vuoi che le parli?

– Aspetta. Dille qualcosa di carino.

Sonia spiegò a Rachele che il nonno voleva mandarle un bacio, poi si sentí il respiro dolorante della bambina. – Tesoro, sono nonno... mi spiace ma... adesso ci pensano i dottori e poi avrai un bel gesso che ti fai firmare da tutti... va bene? – La bambina rispose con un sí sommesso, sembrò volesse dire altro, ma bofonchiò qualcosa di incomprensibile e riprese a frignare. Lui la immaginò tenersi il braccio e stringerlo per contenere il male. Glielo avevano steccato? Glielo avevano assicurato al corpo con una fascia? Alzò lo sguardo verso la finestra; un raggio di sole attraversava il prisma rosa e giallo che una decina di anni prima aveva portato a mamma dal Marocco e lei aveva appeso all'infisso con un filo da pesca: proiettava un arcobaleno sulle tende e sul muro e dondolava appena cullato da uno spiffero che s'infilava attraverso l'infisso. Era una finestra vecchia. Avrebbe avuto bisogno di essere aggiustata. Il vento feroce di quei giorni premette contro il vetro e lo fece gemere.

– Papà?

– Sí.

– Ti faccio avere notizie dall'ospedale.

– Mi spiace non avere la macchina... Davvero. Vi avrei raggiunto oppure...

– Ti ringrazio. Stai tranquillo.

– Avrei potuto prendere Greta. O non so.

– Avevi cucinato per noi?

Papà gettò un occhio al lavello pieno di ciotole e coltelli e mestoli, alle briciole sul tavolo. – L'intenzione era quella.

– Mi spiace.

– Figurati...

– Hai poi fatto le cipolle ripiene?

– Sí.

– Davvero?

– Sí.

– Come quelle di mamma?

– Questo speravo me lo dicessi tu.

– E la cucina?

– Cosa?

– No, dico, la cucina esiste ancora?

Papà cercò di sorridere. – Hai cosí poca fiducia nelle capacità del tuo vecchio?

– Mi rifugerei su uno dei tuoi ponti durante un terremoto, ma qui stiamo parlando di verdure e intingoli. Ti immagino piú a tuo agio con il calcestruzzo che col Seirass.

– Fammi sapere, Sonia. Appena arrivate.

– Ti chiamo.

– Non farmi stare in pensiero.

– Marco ti saluta... – Sentí una voce di bambina. – Anche Greta.

– Sí.

– Ciao.

Abbassò il telefono ma lo tenne stretto in mano. Si guardò attorno. Le pentole sporche da ficcare in lavastoviglie, il pane già tagliato, lo schizzo di crema sulle piastrelle. Si spostò in sala. Sul tavolo apparecchiato vide i tovaglioli di carta delle fate che piacevano a Rachele e che era andato a cercare in un negozio di articoli per feste. Non aveva riacceso la radio. Non c'era neppure la voce di un giornalista a riempire il silenzio, un'elezione o una guerra a distrarlo. Restò in piedi senza sapere cosa fare. E ora? Sentí lo sciacquone dei vicini e lo scroscio dell'acqua nelle tubature. Il ronzio del frigorifero e l'abbaiare di un cane. Il suono di un pianoforte e la vibrazione di un calorifero. Una tapparella alzarsi. Si strofinò la faccia con la mano come per lavarla, e per uscire da quel torpore amniotico decise di telefonare ad Alessandro.

L'Agenzia europea per le sostanze chimiche verifica che la popolazione non sia esposta a sostanze pericolose, che quelle inquinanti non vengano disperse nell'ambiente, che le persone siano informate sulla composizione dei prodotti e i lavoratori del settore sui rischi che corrono.

Alessandro aveva iniziato a bazzicare l'Echa per la tesi di laurea. Aveva intensificato i rapporti durante il dottorato e dopo la morte di mamma aveva lasciato una certa Martina conosciuta in palestra, che non stava simpatica a nessuno – per lo meno in famiglia, ma credo anche tra i suoi amici – e si era trasferito definitivamente a Helsinki. Il suo gruppo di lavoro si occupava di verificare che i governi si attenessero alle normative, collaborava con loro per monitorare la diffusione delle sostanze piú pericolose e tentava di prevedere gli scenari peggiori.

Alessandro era il cucciolo della famiglia. Il giovane maschio. Il piccolo imperatore. Bello e amato. Da papà aveva ereditato l'inquietudine dello sguardo e un'eccessiva autostima. Da mamma un sorriso capace di ammorbidire gli animi piú ostili e la passione per le battute sagaci.

Era stato lui, a sedici anni, a entrare eccitato in camera mia e di Sonia, un pomeriggio che eravamo soli in casa, per dirmi che nostro padre aveva un'amante in Venezuela. Si era seduto sul letto su cui stavo studiando, mi aveva raccontato ciò che aveva appena sentito e io gli avevo tirato uno schiaffo. Non per ciò che aveva detto, ma per il modo. Perché mentre il significato di quella frase mi investiva come una piena improvvisa nei suoi occhi non avevo scorto sdegno, né rabbia e nemmeno stupore, ma piuttosto un riverbero al neon, uno scintillio da night club simile a uno sghignazzo.

C'era rimasto di sasso. – Che cazzo ti prende? – aveva sibilato scattando in piedi e sfiorando con la mano la guancia che stava cambiando colore.

Non avevo risposto. Lo avevo guardato sconvolta. Alessandro aveva fatto un passo verso di me a denti stretti, come per aggredirmi, e anche se sapevo che il suo era solo uno scatto nervoso, utile a dissipare la frustrazione, avevo sollevato un dito e lo avevo indicato. Per intimargli di fermarsi. Per dire che non doveva permettersi. Che facesse sparire quell'aria di complicità dallo sguardo. A quel punto, lui, in un modo e con un vigore inatteso, era scoppiato a piangere. I suoi grandi occhi neri si erano riempiti di lacrime e con tutta la vergogna e la violenza di cui un adolescente maschio che piange è capace aveva insistito, tra i singhiozzi, a dire che era vero, che lo aveva sentito parlare al telefono con un collega, che era in camera ad ascoltare la musica e a un certo punto era uscito sul balcone a cercare nell'armadio di ferro l'imbrago per arrampicare, e papà non se n'era accorto, pensava forse di essere al riparo da orecchie indiscrete, pensava che il frastuono che esondava dalla stanza del figlio lo avrebbe protetto, e invece no, invece lui, Ale, aveva sentito qualcosa, una parola, una risata, e si era accucciato sui talloni. Una che lavorava al cantiere. Le aveva chiesto dove mangiare il miglior *chicharrón* della zona e lei sí, certo, conosceva un posto poco fuori San Fernando. L'aveva convinta ad accompagnarlo e avevano fatto l'amore in una locanda lungo la strada, dove si erano fermati per la notte, e poi avevano continuato a vedersi, e ora lei lo aspettava ogni volta che tornava in Venezuela.

Chissà perché, ricordo, mi venne da soffermarmi su: fatto l'amore. Fui tentata di chiedere ad Alessandro se davvero aveva detto cosí, *fatto l'amore*, e non solo *fatto*, come se questo potesse cambiare le cose. Gli avevo chiesto: – E tu sei rimasto lí ad ascoltare quella roba?

Lui si era strofinato la guancia. – Non riuscivo ad alzarmi.

(Una volta ero con mio padre sotto i portici, ero piccola e c'era un ubriaco seduto per terra in adorazione di un manichino di donna esposto in una vetrina. Indossava una maglietta di seta che metteva in risalto il seno e in particolare i capezzoli. Non tutti i manichini hanno i capezzoli, ma quello sí e l'ubriaco li fissava. Passandogli accanto papà disse qualcosa, non ricordo cosa, ma fece una battuta che mi imbarazzò. Un'allusione di qualche tipo. Ricordo che istintivamente pensai che un padre non doveva fare battute simili con la figlia presente. Anzi. Pensai che non dovesse farle proprio. Che non erano pensieri da papà. Certo non del mio.)

Giurammo che non ne avremmo fatto parola con nessuno. A Sonia lo avrei detto io. Era il nostro segreto. Dissi che papà doveva vergognarsi e anche lui, per come era venuto a darmi la notizia.

– Quindi che facciamo? – aveva chiesto Alessandro tirando su col naso.

Avevo chiesto cosa intendeva: ne avevamo appena parlato.

– No. Tu hai detto ciò che *non* dobbiamo fare, – disse. – Ma cosa facciamo?

Oggi, riflettendo su di me e Alessandro in quel pomeriggio di molto tempo fa, mi torna in mente ciò che ha scritto Richard Ford in un romanzo che s'intitola *Incendi* che abbiamo messo in scena prima in Portogallo, e poi in Spagna e in Italia, con enorme successo di pubblico: che quando si hanno sedici anni – l'età esatta di Ale all'epoca – non si sa granché di ciò che passa per la testa dei propri genitori, né si sa molto di quello che capiscono, e ancora meno di cosa si agita nei loro cuori. Da un lato questo protegge dal crescere troppo in fretta, ma dall'altro quel che si rischia di perdere è la verità; la verità di un padre o di una madre. E questa inconsapevolezza rende difficile esprimere quel giudizio che ciascuno prima o poi dovrà darne. A dirla tutta, oggi penso che sia andata bene cosí. Ma sul momento essere entrati a far parte del loro mondo segreto ebbe su di noi, me e mio fratello, l'effetto di una lavanda gastrica, ci lasciò svuotati e vigili, ipersensibili ai loro sbalzi d'umore, in costante ricerca di significati nascosti nelle parole e nei gesti. Temevamo che il vulcano prima o poi sarebbe esploso, ma come capita agli abitanti nati alle sue pendici speravamo che all'ora fatidica avremmo avuto il tempo di fuggire.

– Ehi, papà, – fece Alessandro apparendo sullo schermo del computer. – Buongiorno!

Nostro padre strizzò gli occhi per decifrare l'immagine. – Dove sei?

Alessandro, che non perdeva mai occasione di avere in tasca il telefono piú tecnologicamente avanzato che riuscisse ad accaparrarsi, inquadrò con il cellulare il bosco alle sue spalle: un laghetto s'infilava in una foresta di betulle, nell'acqua s'intuiva il riflesso delle nuvole e chiazze di neve intonsa ricoprivano il terreno smussando le asperità; su quello sfondo slavato il suo cappello di lana rossa e lo scaldacollo celeste risaltavano in modo iperrealistico, come in un dipinto di Kehinde Wiley. – Fuori Espoo, – disse Ale. – Sto andando a fare un giro in bici con degli amici. Tu?

– Dove vuoi che sia?

Ale allargò le guance disegnando un sorriso contagioso. – Ma no, lo so che sei a casa. Intendevo cosa fai. Programmi?

Papà prese un fazzoletto di carta da un pacchetto abbandonato vicino alla tastiera. – A dire il vero dovevano venire a pranzo Sonia e le bambine –. Si soffiò il naso, gli faceva male una narice. – Ma c'è stato un contrattempo. Pare che Rachele si sia rotta un braccio.

Alessandro strabuzzò gli occhi. – Ma che dici?

Lui restò impassibile.

– Sul serio?

– Caduta da un albero.

– Ma no! Cazzo. Ora chiamo Sonia, la sento subito. Quando è successo?

– Stamattina. Prima che partissero per venire da me. Sembra che, non so, che volesse raccogliere dei cachi da portarmi.

– Ma piccola…

– Sono quei due a essere degli incoscienti.

– Chi?

– Tua sorella e Marco.

– Perché dici questo?

– Andare a vivere lassú. Non potevano stare a Torino? C'era la casa dei nonni libera…

– Papà, non funziona cosí, lo sai.

– E com'è che funziona?

– Be', guarda me, scusa…

– Te è diverso. Tu sei andato lí perché l'Agenzia è lí. A loro non cambiava nulla restare a Torino.

– Evidentemente sí. Altrimenti sarebbero rimasti.

– E a me neppure piacciono i cachi. Mi hai mai visto mangiare un caco?

– Non ti sentirai in colpa, adesso?

Papà portò una mano alla testa e si tamburellò sulla fronte con la punta delle dita. – Senti, lasciamo perdere. Novità? Hai trovato il nuovo appartamento?

– Forse. Vado a vederlo domani. È vicino al Museo di storia naturale.

– Costa meno?

– No, non credo. Ma è piú spazioso. E ho due colleghi che abitano nello stesso palazzo.

– Arredato?

– In parte. C'è la cucina e una cabina armadio.

La comunicazione si interruppe, l'immagine di Alessandro restò congelata sullo schermo con una smorfia in cui papà – e raccontandomelo, anni dopo, ha fatto una pausa e ha assunto un'espressione di delusione infantile, quella di un bambino cui a causa del maltempo è negato il permesso di andare al parco e scopre di dover passare a casa il resto della giornata – ecco, una smorfia in cui papà, dicevo, riconobbe qualcosa di mamma: le sopracciglia inarcate, forse, o le labbra invisibili, o la fossetta sulla guancia, dove io, un milione di anni prima, lo avevo colpito con uno schiaffo.

– Ci sei? – chiese scuotendo il mouse come da ragazzo dava le botte alla televisione con il tubo catodico.

– Papà... ci...

– Sí.

– ... ende male...

– Non ti sento.

– Ti richiamo... altro momento.

– Aspetta –. Sentí fiorire un rigurgito di ansia, respirò a bocca aperta. – Aspetta. Raccontami ancora qualcosa.

Alessandro fissò lo schermo senza rispondere, portò un dito all'orecchio e fece una smorfia. S'intromise una voce fuori campo, in un'altra lingua. La comunicazione ripartí.

– Sí, ma senti. Davvero state facendo una gita in bici? Che temperatura c'è? Meno sei?

– Quando pedali non lo senti. E poi ricordati che non esiste buono o cattivo tempo ma...

– ... ma un buono o un cattivo equipaggiamento.

La voce di prima si mescolò al vento, Alessandro si girò e disse qualcosa in inglese. La voce ribatté. Lui sorrise e annuí, due corvi si alzarono in volo dal sottobosco. – Devo lasciarti, – disse rivolto alla videocamera. – Ci sentiamo in settimana, okay? Ti chiamo. Non so dirti quando, ché ho un mare di riunioni. Devo anche andare a Tallinn. Ma ti cerco. Promesso. Ora provo a dare un colpo a Sonia...

– Sí.

– Tu passa una bella giornata.

– Sí.

Si guardarono senza dire niente. – Mi spiace che sei da solo. Perché non li raggiungi?

– Non ho la macchina.

– Cosa? – chiese Alessandro. – Non ho capito –. Alle sue spalle la neve riluceva.

– La macchina. Non ho la macchina, si è...

Ale fece segno con la mano che non stava sentendo, accidenti...

Papà rispose di lasciar perdere e mescolò l'aria con un dito per dire: poi.

Dopo che Ale ebbe mostrato la mano col pollice teso la comunicazione interruppe e, riflessa nello schermo nero del computer, al posto di quella arrossata di mio fratello, apparve la faccia di un uomo di sessantasette anni. Restò qualche istante a osservarsi cercando in ciò che vedeva qualcosa di cui essere orgoglioso. Giocherellò con un mozzicone di matita, poi batté il palmo sulla scrivania, si alzò e andò in soggiorno. Il suono del pianoforte giungeva attutito, distillato dai mattoni e dai controsoffitti, infiltrandosi, liquido, tra la libreria e le foto dei ponti appese alle pareti. Papà cercò di riconoscere il brano – *Bach?*

Si avvicinò al tavolo, prese una fetta di pane, staccò la mollica e addentò la crosta. Dalla teglia delle cipolle ripiene ne afferrò una con la forchetta. Era buona. E che lo fosse gli sembrò uno scherzo del destino. Avrebbe voluto sentirselo dire. Avrebbe voluto fossero Sonia e le bambine a complimentarsi. Aveva voglia di parlare con qualcuno, ma lei e Alessandro erano gli unici che aveva il coraggio di chiamare in modo estemporaneo, sebbene, anche con loro, nutrisse sempre il timore di mostrarsi come nudo. La vita, in passato, lo aveva portato a frequentare persone interessanti con cui aveva intessuto relazioni piacevoli ma superficiali, amicizie a termine, che il tempo aveva spazzato via con rigore stagionale. Aveva una voglia dolorosa di specchiarsi in un'anima affine, qualcuno con cui sentirsi a proprio agio anche in silenzio, ma non c'era nessuno, e nonostante tutto quel cibo cucinato non aveva fame. Si sentiva prosciugato. Cosí infilò le scarpe, indossò la giacca e la sciarpa e uscí di casa, evitando, nel prendere le chiavi e il portafoglio dal mobiletto, di posare gli occhi sulla bacheca di sughero, e sul rettangolo di carta azzurra che pendeva da un lato.

– Prende in giro le persone.

Papà stava per imboccare le scale.

– Vieni dentro, dài. Buongiorno, – disse la madre di Andrea. Il ragazzo si era sfilato la giacca rossa dell'Adidas e la sventolava tenendola per una manica.

– Buongiorno, Maria.

– Prende in giro le persone.

– Andrea, vieni dentro. E piantala con 'sto gioco.

Papà chiese alla madre del ragazzo se conosceva la soluzione. Lei disse no, che non la conosceva e Andrea si rifiutava di dirgliela, e che accidenti, era capace di andare avanti cosí finché qualcuno non avesse indovinato, fino a Natale, fino a Pasqua. Papà rise e Andrea si arrabbiò perché ebbe l'impressione di essere preso in giro. Forse allora era quella la soluzione e papà glielo disse: – Sono io –. Ma Andrea si arrabbiò ancora di piú e sbraitò che no, cosa c'entrava, non era lui, c'entrava niente. Poi la madre riuscí a tirarlo dentro e a chiudere la porta e papà riprese a scendere le scale nella quiete domenicale del palazzo. Al secondo piano si accorse di sfuggita di una macchia sul muro. Prima non l'aveva notata. Si avvicinò. Era una macchia di umidità. Una perdita? L'amministratore lo sapeva? In passato avrebbe telefonato, subito, anche di domenica, si conoscevano da quindici anni. Sarebbe tornato su a prendere la scala per controllare la macchia da vicino e capire la consistenza del danno. Invece restò fermo a guardarla e pensò che era il tempo, e che era il palazzo: anche Lungo Po Antonelli si stava disfacendo.

Gli venne in mente Virgilio, studiato al liceo: *omnia fert aetas*.

Il tempo porta via tutte le cose.

Uscito dall'androne, sostò di fronte a un cartellone pubblicitario che diceva che al teatro Erba, per due settimane, avrebbero messo in scena *Assassinio sul Nilo*. Lungo il marciapiede c'erano diverse auto parcheggiate. Le osservò pensando che si poteva desumere la durata della sosta dalla quantità di foglie accumulate sui tetti e sui cofani; quelle gialle degli aceri, le uniche che era in grado di riconoscere al primo colpo, e altre lanceolate o flabellate alla cui provenienza non sapeva attribuire un nome. Gli sarebbe piaciuto. Era una di quelle cose che da sempre avrebbe voluto imparare, ma niente, appena glieli indicavano, i nomi degli alberi, spiegando come riconoscerli, se dalla corteccia o dalla forma dei rami o altro, subito li scordava. Questo lo fece pensare a me. Ero io quella appassionata di alberi, in famiglia. Io che li riconoscevo. Io che glieli mostravo quando passeggiavamo.

Sentí il vento premere contro la schiena. Infilò le mani nelle tasche della giacca e strinse la sciarpa attorno al collo. Si avviò lentamente lungo il fiume, notando certe rapide sobillate dalle acque basse e torbide vicino alla riva. Gli piaceva il modo in cui il fiume scorreva in quella zona della città, meno addomesticato che in altre. Usò la passerella pedonale per superarlo. A metà si fermò a studiarne il corso sia nella direzione da cui arrivava, sia in quella verso cui defluiva; da una parte le Alpi, con il triangolo del Monviso e la guglia della Mole tra i tetti delle case, dall'altra le colline, morbide come in certe illustrazioni inglesi, da Bosco dei cento acri, con le casette abbarbicate e tutto quanto, e la basilica di Superga a proteggere la vita della gente.

Sbucò di fronte al monumento a Fausto Coppi: un nastro a spirale simulava una strada di montagna e in cima c'era lui, all'arrivo di una gara, tra i tifosi che lo acclamavano. Proseguí lungo il fiume in direzione della chiesetta della Madonna del Pilone e dell'ultima residenza di Emilio Salgari, rimanendo a contemplare per qualche momento il retro dal lato dei ballatoi, come spesso faceva. Lo aveva riletto piú volte durante i suoi viaggi, soprattutto quando si trovava in Venezuela o in Bolivia, o in altri posti dagli odori e dai colori adatti. Lo aveva amato da bambino e continuava a trovarlo irresistibile, la piattezza psicologica dei personaggi lo rilassava e l'accumulo delle descrizioni aveva su di lui un effetto ipnotico. Di fronte a quella casa, dove Salgari aveva vissuto *in onorata povertà*, gli capitava sempre di riflettere su certe vite sghembe, attraversate tanto dalla fama quanto dal dolore. Quando a ventun anni, nel 1883, le avventure delle tigri della Malesia lo avevano reso celebre, c'era forse qualcosa che avrebbe potuto far presagire ciò che sarebbe successo? Ossia che quella storia pubblicata a puntate su un quotidiano non sarebbe stata soltanto la prima di centinaia ambientate in luoghi che mai aveva visitato, ma anche l'inizio di una accidentata ascesa lungo una pietraia, sul filo della morte e della follia, che si sarebbe conclusa una mattina di aprile nel bosco di Villa Rey, a uno sputo da lí, in tasca un rasoio e nell'animo la decisione di lacerarsi la gola e l'addome.

Seppuku. Il suicidio rituale dei samurai. Una morte esotica al pari delle sue storie. Papà ne era ammaliato.

Un cane sfuggito a una ragazza andò ad annusargli le scarpe. Lui lo osservò con i suoi occhi autunnali senza allungare una mano o cercare di carezzargli la testa.

(C'era un cane che abbaiava il giorno del funerale di mamma e ricordo che tutti si lamentavano. Invece a me il suo latrato era di conforto. Era come se mi guidasse, o mi spingesse, attraverso il dolore. Non voleva che cincischiassi, che trovassi un modo per alleviarlo. Mi provocava, come fanno i cani da pastore, invitandomi a proseguire e ad abitarlo – che modo pretenzioso di esprimere un concetto del genere. Attendevo che una parola delle sacre scritture – era un funerale religioso sebbene nessuno di noi fosse in senso stretto praticante: in famiglia, per scherzare, ci definivamo *simpatizzanti* – anche una sola di quelle parole mi donasse il conforto che secondo il giovane sacerdote dagli occhi dolci che stava officiando la funzione avrei dovuto ricevere. Eppure lui ci provava. Giuro. Si vedeva che ce la metteva tutta. Ma niente. Io ascoltavo il cane. Alle carezze di quell'umile servo di Dio preferivo la cagnara selvaggia del randagio che mi abbaiava addosso senza ipocrisia che tutto era finito, che lei non c'era piú, e che non ci sarebbe stata mai piú, neppure alla fine dei tempi, che non avremmo mai piú preso insieme un cappuccino con la granella di nocciole, che non l'avrei mai piú vista aggiustarsi gli occhiali sul naso dopo che se li era fatti scivolare in punta per poterti scrutare da sopra le lenti col suo sguardo ironico. Che non avrei mai piú ricevuto suoi messaggi sul cellulare. Che non ci saremmo mai piú sedute una accanto all'altra sul divano a guardare una partita di pallavolo. Che non avrebbe visto nessuno degli spettacoli che avrei messo in scena da quel momento. Che qualsiasi cosa avrei fatto non lo avrebbe saputo. Non ci sarebbe stata. E questo è quanto.)

La ragazza richiamò il cane. Mio padre lo osservò trotterellare via, quindi tornò indietro. Arrivato alla passerella pedonale, invece di proseguire verso casa, continuò in direzione dello skatepark di fronte al motovelodromo. Di solito vi si ammucchiavano adolescenti con musiche a strascico, ma era domenica, era ora di pranzo e non c'era praticamente nessuno. Solo un ragazzino con una felpa due taglie piú larga e un cappello giallo che faticava a contenere i ciuffi nerissimi e selvatici che sgusciavano fuori; la pelle color sabbia di certi bambini che aveva incontrato in Vietnam.

Su una delle due panchine di fronte alle rampe era seduta una donna giovane dall'aria annoiata. Mio padre si sedette sulla panchina accanto tenendo le mani nelle tasche della giacca.

Erano le sue due panchine, quelle. Di legno. Due assi verniciate di verde scuro come seduta e una terza identica come schienale, la vernice saltata via in schegge grosse, nomi incisi con le chiavi e promesse e insulti, e gli angoli smussati dallo sfregare dei corpi.

Le panchine di fronte allo skatepark.

Gli piacevano. Da lí vedeva la collina, il fiume e sulla riva opposta Lungo Po Antonelli.

Era un posto in cui stava bene.

Il ragazzino scese dalla rampa tenendo il baricentro basso e salí su quella gemella di fronte. In cima bloccò lo skateboard, giusto sul bordo, quindi lasciò che la gravità lo richiamasse. Ripeté l'operazione altre due volte, poi scartò di lato e uscí in direzione di una rampa piú piccola con una ringhiera di metallo. Da lí si fece trasportare verso un poliedro che emergeva dal terreno. Lo superò con un salto sfruttando il lato obliquo, atterrò e fece ruotare lo skateboard orizzontalmente di centottanta gradi imprimendo la rotazione sulla coda della tavola: lo skate si sollevò da terra, lui lo riagganciò, ci ricadde sopra e via.

Papà frequentava le panchine davanti allo skatepark da abbastanza tempo per sapere che il gesto era stato eseguito con eleganza particolare. Cercava di non pensare a Rachele. Guardò il cellulare per vedere se fosse arrivato un messaggio, ma niente. Osservò il ragazzino muoversi sulla pista disegnando traiettorie che sembravano casuali e invece no: ogni gesto conduceva a un altro senza soluzione di continuità. Pareva spinto dalle raffiche di vento che spazzavano il fiume. Quando qualche manovra non riusciva si fermava in contemplazione di qualcosa che si stava svolgendo nella sua testa; poi riprovava. Ripeteva soprattutto i movimenti che non avevano bisogno delle rampe. Se lo skate gli sfuggiva lo lasciava andare ed esauriva la spinta con una mezza corsa.

Acquistò velocità. Scalò una delle rampe piú alte. In cima cercò di capovolgere il corpo bloccando lo skate con una mano e con l'altra ancorandosi al bordo, ma perse la presa. Cadde di petto, rovinando al centro della rampa. Una botta terrificante. Papà scattò in piedi. Entrò in pista e quando gli fu sopra si accorse di avere accanto la donna dell'altra panchina. Il ragazzino aveva la faccia stropicciata in una smorfia di dolore e si massaggiava lo sterno.

– Tutto bene?

– Spaccati la testa, – disse la donna. – Ci manca solo questo.

– Non l'ho fatto apposta... – gemette lui.

– Oh, davvero? Non stavi cercando di suicidarti quindi. È già qualcosa.

– Dovresti usare un casco, – disse mio padre.

– Dovrebbe usare il cervello, – replicò la donna.

Guardavano il ragazzino sofferente come avessero trovato su una spiaggia lo scheletro di uno strano cetaceo. Lui rimase sdraiato un altro po' quindi si issò sui gomiti, cercò lo skate e rivolse alla donna un sorriso disarmante. Lei gli offrí la mano. Lui la prese e si alzò in piedi. Ruotando il braccio per alleviare il dolore alla spalla andò a recuperare la tavola e un secondo dopo ci sfrecciava sopra come nulla fosse.

Papà e la donna si guardarono: lui accennò uno sguardo di complicità, lei no, e tornarono in silenzio alle panchine.

Non aveva considerato la possibilità che i due fossero insieme. Cosa li legava? Che relazione avevano? Non si somigliavano per niente. Lui aveva un aspetto esotico e crepitante; lei indossava con noncuranza un pallore scandinavo. Lui aveva i capelli neri e spessi; lei biondi, tagliati corti, che ricadevano inconsistenti sulle orecchie. Con tutta probabilità lui sarebbe diventato un uomo atletico, dal portamento fiero, mentre lei ricordava un animaletto da cortile, un coniglio albino o qualcosa del genere. Era curioso. Papà cercò qualcosa da dire senza fare la parte del vecchio impiccione, ma non gli venne in mente nulla. Per un po' se ne stette zitto, poi pensò chi se ne frega.

– È suo figlio?

La donna alzò gli occhi dal cellulare e cercò il ragazzino con lo sguardo. – Già –. Un colpo di clacson dalla strada la fece voltare. – Ha ragione...

– Su cosa?

– Non ci somigliamo molto.

– ...

– È per questo che l'ha chiesto?

Papà si passò una mano davanti al viso. – In effetti... La fisionomia, intendo.

– Ha detto bene. Ma mi creda, è mio figlio. Certo, se ci fermiamo all'aspetto...

– Di dov'è il padre?

– La famiglia era della Nuova Caledonia.

– Nuova Caledonia... – Papà strizzò gli occhi. – Non ci sono mai stato. Ho viaggiato parecchio, ma niente Australia o Nuova Zelanda. Mi sarebbe piaciuto.

– Ci vada.

– ...

– Sono seria.

– Non dubito. Ma come ho detto ho viaggiato molto. Forse troppo. Non è piú tempo.

– Oh. Invece potessi... Anch'io ho viaggiato, anni fa, prima di Gaston. Ero giovane, *giovanissima*. Subito dopo il liceo. Per mesi non ho fatto altro che scendere e salire dai treni. Sembrano secoli. Potessi, partirei in questo momento.

– E dove andrebbe?

– Scherza? – Alzò gli occhi verso le cime degli alberi. – Andrei ovunque.

Intanto Gaston era dentro il movimento e il movimento era la sua natura come certi pesci, che se stanno fermi muoiono. Sul cellulare della donna accadde qualcosa, rispose. Entrambi tornarono a rifugiarsi nel silenzio, finché lei, senza guardarlo in faccia, proseguendo un pensiero tutto suo, gli chiese perché avesse viaggiato molto.

– Per lavoro.

– Pilota di aereo?

– Mi occupavo di ponti. Sono un ingegnere.

– Ponti?

– Li progettavo, cioè, li progettavamo, eravamo una bella squadra. Li costruivamo. Grandi opere. Andavamo ovunque ci chiamassero, dal Sud America all'Africa al Sudest asiatico.

– Grandi quanto?

– Dipende. Alcuni molto, molto grandi.

– Roba difficile.

– A volte.

– A volte era facile?

– Be', dipende dal luogo. Fiumi o dirupi da superare. Montagne cui ancorarsi o da evitare. A volte c'era qualcosa di epico. Una specie di sfida con la natura. Non so se mi spiego.

– Le piaceva, vero?

– Molto.

– Si vede dal modo in cui ne parla.

Lui sorrise.

– Ne parla come se le mancasse.

Papà guardò Gaston. Era fermo sulla tavola, concentrato, forse in cerca d'una buona sensazione o un migliore equilibrio, il piede anteriore a metà dello skateboard e quello posteriore che sporgeva dalla coda. Spinse. La tavola si sollevò da terra ma perse la presa. Ebbe giusto il tempo di ammortizzare l'impatto con le mani, poi batté il sedere e fece una smorfia.

– Ancora? – gridò la madre.

– Davvero dovrebbe usare un casco.

– Ce l'ha. Gliel'ho comprato. Dice che gli dà fastidio.

Papà e la donna erano ciascuno sulla propria panchina. Il traffico su corso Casale scorreva pigro e di tanto in tanto un paio di gabbiani lasciavano lo stormo che si era impadronito di quel tratto di fiume e volteggiavano sopra le loro teste. Poche persone in giro. Dalle palazzine traspirava una lentezza che sapeva di castagne. Mentre la donna ripeteva al figlio di fare attenzione, *per favore*, papà la osservò e pensò che era meglio di come l'aveva giudicata all'inizio. Pur con quell'aria dimessa da animaletto da cortile, c'era in lei un che di elettrico e indisciplinato che lo incuriosiva: la giacca che indossava era grigio cemento e sembrava assorbire la luce, ma aveva delle strisce di panno colorato cucite sui polsini; i jeans sdruciti erano troppo chiari e troppo da ragazzina, ma non portava le scarpe da ginnastica sgargianti rosa-argento che ci si poteva aspettare; al loro posto degli scarponcini di pelle marrone, con i lacci rossi, da cercatore di funghi.

Erano ciascuno sulla propria panchina, quella domenica, divisi da una porzione di prato e una trentina d'anni, con un ragazzino sullo skate a rammentare loro il tempo dell'incoscienza e sulla testa il cielo terso spazzato dal favonio, un vento secco che, si diceva, sarebbe persino aumentato e poteva favorire lo sviluppo di incendi nei boschi.

A un certo punto mio padre sentí il bisogno di presentarsi.

– Elena, – rispose la donna.

Nessuno dei due si mosse dal proprio posto.

In quel periodo vivevo a Roma.

Jawad a Londra. I gemelli non c'erano ancora.

La mattina andavo a correre nel parco della Caffarella; poi passavo al mercato a comprare frutta e verdura e andavo al bar a fare colazione prima di tornare a casa e mettermi a lavorare su due copioni da correggere e un corso di formazione che dovevo tenere a Vicenza.

Una mattina, un paio di mesi prima che Rachele cadesse dall'albero, entrai nel bar – ce n'erano tre che alternavo a seconda di ciò di cui avevo voglia: uno aveva dei cornetti alla crema da strapparsi i capelli, il secondo dei biscotti di pasta di meliga e il terzo dei maritozzi da lasciarti a terra tramortito – e niente, entrai in quello dei cornetti. Come al solito il bancone era occupato da persone che chiacchieravano come se non si fossero prese solo un caffè, ma avessero comprato il bancone proprio, ignorando chi, alle loro spalle, cercava un varco per ordinare. Conquistato il cappuccino mi guardai attorno e adocchiai un tavolino con due sedie occupato da un signore: era solo, era molto anziano e stava sbriciolando un tocco di focaccia dentro un bicchiere di latte macchiato. Si muoveva con lentezza, insensibile al brusio che lo circondava. Dalle vetrofanie gli pioveva addosso un bagliore bluastro. Aveva posato la focaccia su un fazzoletto di stoffa a quadretti bianchi e blu: ne staccava un tocco, lo lasciava cadere nel bicchiere e lo raccoglieva con il cucchiaino sporgendosi in avanti, allungando il collo come una tartaruga per evitare di sbrodolarsi. Non sapendo dove appoggiarmi e avendo la borsa con la spesa mi avvicinai e gli chiesi se potevamo condividere il tavolino.

Ma feci la sciocchezza di chiederglielo mentre stava portando il cucchiaino alla bocca.

Lo presi alla sprovvista. Fu costretto a fermarsi, la mano tremò, alcune gocce caddero sui pantaloni, mi guardò imbarazzato. Per riuscire a rispondermi rimise la focaccia nel bicchiere e mi indicò la sedia. Potevo accomodarmi. Il posto era libero. Lo ringraziai, posai borsa e cappuccino e andai a prendere un cornetto. Quando tornai aveva ripreso a mangiare. Notai che aveva dei begli occhi azzurri, gentili e velati dall'età. Continuava a intingere la focaccia senza badare a me e fu cosí che seguendo lo sguardo notai che da sotto il fazzoletto, quello su cui l'aveva poggiata, spuntava una foto cui rivolgeva occhiate fugaci, come se facesse parte della colazione, ma per fame di memoria.

Sbirciai. Essendo al contrario, però, e a causa della luce polverosa delle vetrofanie, non riuscivo a vedere bene. I miei sforzi divennero talmente palesi che lui se ne accorse. E io scoppiai a ridere. A volte con le persone mi capita, rischio di sembrare invadente – Jawad lo dice sempre. Ma lo faccio in modo inconsapevole. È che sono curiosa.

Sul viso dell'anziano notai un'ombra di panico, come se l'avessi sorpreso a fare qualcosa di sconveniente. Subito spinse la foto sotto il fazzoletto colpendola con la punta del dito.

– Mi perdoni. Sono stata inopportuna.

– No, – fece lui, giustificandosi. – È che... è solo che non voglio che si macchi.

Mi trasmise una tale tenerezza che avrei voluto abbracciarlo. – Be', allora è uno strano posto dove metterla, se non vuole che si macchi.

Finse di non aver sentito, staccò un pezzetto minuscolo di focaccia e lo fece cadere nel bicchiere. Mi lasciai distrarre per alcuni istanti da una donna africana, bellissima, che era entrata nel bar con due bambini: emanava un profumo intenso, i bambini giocavano tra loro con delle macchinine che si trasformavano in robot.

– Anch'io ho una foto con me.

L'anziano alzò gli occhi dal bicchiere e tirò indietro il collo per capire se stavo parlando con lui.

Lo fissai dritto negli occhi. – Ora abbiamo foto ovunque. Si ricorda quando ne avevamo giusto un paio nel portafoglio, con gli angoli spiegazzati? Guardi qui... – Presi il portafoglio e tirai fuori un'immagine scolorita, anni Settanta, un uomo e una donna davanti a una Fiat 600. – Sono i miei nonni. Non sono bellissimi? Ho una passione per le vecchie foto. A volte giro i mercatini, – dissi, – le compro e le uso per i miei spettacoli... – E alla parola «spettacoli» accadde qualcosa. Aveva schiuso le labbra, forse per fare una domanda, ma non disse nulla, cosí aggiunsi: – Scrivo per il teatro.

A quel punto estrasse la foto da sotto il fazzoletto, ci appoggiò sopra lo sguardo e me la porse. – Noi due ci siamo conosciuti in un teatro.

Era un'immagine in bianco e nero: una donna giovane appoggiata al muro di una casa, l'angolo scrostato di una persiana, un vaso coi fiori, un vicolo in ombra e, cosí sembrava, in fondo al vicolo, il mare; la scena era illuminata dal sole verticale della controra e lei si teneva il cappello in testa con una mano per evitare che il vento lo portasse via; aveva l'aria di chi ha visto qualcosa che non doveva, un sorriso ironico e malizioso.

– Lei e questa donna?

– Sí. Era mia moglie.
– È bellissima. Com'è successo? – chiesi spazzando dal tavolo le briciole del cornetto. – Com'è che vi siete conosciuti in teatro?
– Facevo il carpentiere, – rispose. – Costruivo scenografie.
– Sul serio? Per quale teatro?
– Oh, dove mi chiamavano.
– E lei? – chiesi restituendogli la fotografia.
– Lei stava alla cassa. Un teatro di provincia. Fuori Roma –. Detto ciò riprese a intingere la focaccia come per darsi il tempo di rievocarla: dietro al vetro, il cappello della foto appeso a un pomello, in alto, alla sua sinistra, e a destra il costo dei biglietti scritto a mano su una bacheca di legno o con il pennello su lamiera.

In quel momento mi squillò il cellulare. Mi sollecitavano per un modulo che non avevo finito di compilare. Chiesi scusa e dissi che lo avrei inviato appena tornata a casa. Ingollai il fondo ormai freddo del cappuccino. – Mi spiace, – dissi. – Devo andare. Magari ci si incontra di nuovo cosí finisce di raccontarmi. Sono curiosa di sapere altro, e intendo soprattutto del suo lavoro. Per me la scenografia è magia, ha presente?

Lui annuí. Il bagliore bluastro delle vetrofanie che ammantava quel lato del bar e colorava i suoi capelli bianchi e la giacchetta lisa gli donava un aspetto alieno, sembrava stesse per smaterializzarsi. Restai ferma a osservarlo per alcuni istanti. Non sembrava intenzionato ad aggiungere altro. Gli augurai una buona giornata e lui ricambiò con un gesto impacciato della mano. Aprendo la porta del bar gettai di sfuggita un'ultima occhiata – c'era qualcosa in lui che mi impediva di smettere di studiarlo – e vidi che la foto era di nuovo al suo posto, sotto il fazzoletto.

Le rampe dello skatepark erano coperte di disegni e scritte fatte con lo spray o con enormi pennarelli indelebili dalla punta a scalpello: pupazzi stilizzati, lettere gommose, gonfie, turgide come palloncini; ma c'erano soprattutto strati di quelle che sembravano firme. Una volta che non c'era nessuno papà si era avvicinato ed era andato a leggerle, ma anche cosí aveva faticato a decifrarle; erano sigle, cose come *skag*, *venum4*, *risho*, *charte*. Un cartello affisso dalla Divisione infrastrutture per lo sport intimava l'uso di caschi protettivi e consigliava quello di gomitiere e ginocchiere, ma la maggior parte delle ragazze e dei ragazzi che aveva visto non indossava niente e si era fatto l'idea che per loro usarli avrebbe significato addomesticare uno sport che amavano soprattutto per la componente anarchica. Sarebbe stato diverso, molto. Come aveva detto Sonia? Il rischio è parte del divertimento.

Pensò a Rachele. Scrutò il cellulare. Nessun messaggio. Provò a chiamare, ma non risposero né Sonia né Marco.

– Ho fame, – disse Gaston avvicinandosi alla madre, lo skateboard tra le mani, gli occhi da cucciolo asiatico, limpidi e con le ciglia lunghe da catturarci gli insetti. Aveva nello sguardo qualcosa che ribolliva e dai lineamenti asiatici, dagli zigomi soprattutto, permeava una fierezza insolita per un ragazzino di quell'età, qualcosa di antico e profondo: ecco ciò che pensò mio padre. Elena infilò il braccio nello zainetto; ne estrasse un fagotto avvolto nella pellicola trasparente. Gaston lo prese e tenendolo basso, con la mano molle, commentò: – Tacos.

– Ti piacciono i tacos. È quello con la cipolla e la salsa al formaggio.

– Non è che non mi piace, mamma... – Sospirò. – È che...

– Ma ti piacciono.

– Sí, okay, ma sono tacos surgelati.

– Non è surgelato. Ti sembra surgelato?

– Hai capito cosa intendo –. Se lo rigirò in mano. – Senti, – si guardò attorno, – perché non possiamo andare da nonna?

– Presto.

– Quando?

– La settimana prossima.

– Ma se...

– Hai sentito cos'ho detto?

– L'hai detto anche la settimana scorsa.

– Gas. Guardami. La settimana prossima.

Si fissarono sfidandosi ad abbassare lo sguardo – e sí, aveva ragione lei, c'era qualcosa di simile in loro – poi Gaston lasciò cadere il tacos nello zainetto aperto e prima che Elena trovasse qualcosa da dire lui era già sulla pista, lanciato in direzione delle rampe. Lo seguí con gli occhi senza cambiare espressione, poi scrollò la testa. – Va cosí... – sussurrò a se stessa e ai suoi fantasmi. Accavallò le gambe, appoggiò il gomito alla coscia e accostò le labbra al pugno. Una foglia era rimasta incollata alla suola degli scarponcini. La staccò con due dita.

Percependo la natura intima di quel conflitto, di cui nulla sapeva, e non avendo niente da aggiungere, papà si era concentrato sul volo dei gabbiani; affondò le mani nelle tasche della giacca e incassò le spalle come per chiudersi in un guscio, come se quel gesto potesse avere un senso anche per Elena, nel caso se ne fosse accorta, e rimasero cosí, ciascuno immerso nei propri pensieri, finché un improvviso stridore di freni li fece voltare di scatto verso la strada.

Un clangore. Un tamponamento.

Due auto da cui scesero due uomini.

Quello che era stato tamponato, un trentenne in camicia bianca e pullover, cominciò subito a inveire contro l'altro, un signore distinto dai capelli grigi che, dai gesti, s'intuiva si stesse scusando. Dalla casa di fronte si erano già affacciati alle finestre. Il trentenne urlava e la sua voce sgraziata era una frusta nella quiete della domenica; era un demente, avrebbero dovuto ricoverarlo, ritirargli la patente; terminarlo, questo disse, avrebbero dovuto terminarlo. Le parole dell'anziano non si sentivano. Parlava piano e si aggiustava gli occhiali sul naso, inchinandosi appena nel gesto delle Ceneri. L'aria era gonfia della rabbia del giovane: indicava il paraurti della Toyota collassato a destra e sembrava incapace di placarsi. Indicando la sua Volkswagen l'anziano disse qualcosa che aveva la consistenza dell'acqua e ciò che disse lo fece infuriare ancora di piú: il giovane gli si avventò contro, gli afferrò la giacca e lo schiaffeggiò. Non forte. Ma abbastanza da fargli volare via gli occhiali.

Mio padre e la donna si erano alzati in piedi e quando aveva visto partire lo schiaffo papà si era mosso per intervenire, ma due passanti stavano già attraversando la strada e allora si era fermato. Gaston osservava la scena immobile al centro della pista, la tavola in mano e un'ombra di incomprensione nello sguardo. Certe auto superavano il tamponamento suonando il clacson come a dire toglietevi da lí, andate a discutere da un'altra parte. Uno degli uomini intervenuti aveva raccolto gli occhiali dell'anziano e ora lavorava su una lente che si era sganciata dalla montatura. Il secondo cercava di calmare il giovane che continuava monotono a indicare il danno e a gridare che vaffanculo le strade sono piene di coglioni e la macchina era nuova.

Gaston si avvicinò alla madre. – Andiamo a prendere della pizza?

– Ci sono i tacos.

– Non li voglio i tacos.

– Intanto andiamo, – disse lei raccogliendo lo zainetto e gettando uno sguardo infastidito in direzione del tamponamento. Quando anni dopo me ne parlò, Elena lo ricordava ancora con singolare lucidità, nonostante, certo, non fosse la cosa piú importante successa quel giorno; mi disse che si sentiva come se quella rabbia la stesse inzaccherando; come quando i cani si scuotono per liberarsi dal fango.

– Non possiamo prendere della pizza?

Elena si pietrificò e alzò la voce. – La pianti per favore?

Gaston sbuffò, scalciò via qualcosa di invisibile e si avviò da solo verso la passerella pedonale. Lei si voltò verso mio padre e vide che era lí e stava zitto e un po' la guardava, un po' no. – Se è quello che sta pensando, – disse, – la risposta è sí, non è un buon momento.

Papà non disse nulla. Fece un movimento impacciato con la testa.

– Ossia? – chiese Elena.

– No, intendo... non sono affari miei.

La donna tirò su con il naso. – Lo dice per fare una gentilezza a me o a se stesso?

Papà la fissò strizzando gli occhi, come per troppa luce.

– Sa, – fece lei, – ho l'impressione che spesso la gente decida di non intromettersi nelle vite degli altri non per educazione, o per proteggere chi ha di fronte, ma per farsi un favore. L'ho letta da poco questa cosa, in un romanzo, e cristo santo se è vera, perché una volta fatte le domande e ricevute le risposte non si può piú far finta di niente. Di non sapere. La gente è fregata.

– Non intendevo questo.

– Oh be', se non me lo dice io non so cos'è che intendeva. Cosa intendeva?

– Non volevo essere invadente.

Il ragazzo stava ancora urlando, qualcuno si era messo a gridargli contro da una finestra.

Elena espirò fino a sgonfiarsi. – Mi scusi, – disse.

– Non deve scusarsi.

– Non volevo essere scortese.

– È stata sincera.

– E lei è la prima persona, in generale, disponibile o no, che mi capita sotto tiro da diversi giorni a questa parte. Ecco tutto –. Rise e incrociò le gambe con una leggerezza adolescente, intonata ai lacci rossi degli scarponcini. – Quindi faccia attenzione... è ancora in tempo per scappare.

– Ma...

Elena alzò leggermente il mento.

– Posso fare qualcosa?

– Ad esempio?

– Me lo dica lei.

– No. Non credo.

– Quella faccenda della pizza e dei tacos, – disse papà indicando lo zaino. – Se si tratta di quello, insomma, sarei felice di offrire io la pizza a suo figlio.

– Mi vuole dare dei soldi?

– Le servono?

– Non siamo messi cosí male.

– Ma se ho capito bene non può permettersi di comprare della pizza a suo figlio.

– Certo che potrei.

– Ma non vuole.

– Esatto.

– Posso chiederle perché?

– Perché dobbiamo finire i tacos.

– ...

– E poi guardi... perché è tutto cosí complicato. E io cerco solo di essere una buona madre.

Un pomeriggio, di ritorno da una lunga permanenza all'estero, uno di quei periodi che si prendeva per stare a casa con noi, papà si sporse in camera mia, disse che aveva voglia di un gelato e mi chiese se volevo accompagnarlo.

Ci avviammo verso piazza Vittorio, lungo i Murazzi. Era piovuto molto e l'acqua era scura per il fango. Camminavamo l'uno accanto all'altra parlando del piú e del meno. Quando voleva era bravo a mettermi a mio agio e faceva la parte di quello che ci teneva a sapere cos'era successo mentre era via – e forse era vero o forse semplicemente gli importava che noi pensassimo che gli interessasse. Io raccontavo della scuola, di certe amiche di cui aveva già sentito parlare. Sotto i portici incrociammo un ragazzo che cantava e suonava una chitarra malridotta; chiedeva gli spiccioli con il cappello. Io feci per scavare nella tasca, ma lui mi fermò. – Che fai? – Dissi che aveva un'aria simpatica e mi faceva piacere aiutarlo. – Non è certo cosí che lo aiuti, – sbraitò lui scuotendo la testa: disse che poche monete erano come un antidolorifico – usò quella parola – per un malato. – Per un po' dimentica di esserlo ma poi... Se davvero volessi aiutarlo dovresti scoprire qual è la malattia e trovare un modo per curarla. A forza di antidolorifici finisce che uno si convince di stare bene e un giorno... *oh, guarda*... è morto! – Capii ciò che intendeva. Diceva cose come quelle, papà, cose che lí per lí mi sembravano di una lucidità sconvolgente. Raggiungemmo il gelataio. Ne uscimmo con un cono cioccolato e pistacchio e una granita cedro e menta. Poi, quando per tornare a casa ripassammo accanto al ragazzo, io rallentai, infilai la mano in tasca, presi le monete avanzate, con cui avevo continuato a giocherellare, e le lasciai cadere nel suo cappello.

Papà se ne accorse, ma non disse nulla.

Io mi sentii bene.

Elena disse che doveva raggiungere Gaston e dato che papà aveva comunque desiderio di rientrare continuarono a parlare camminando verso la passerella pedonale che attraversava il fiume. La pizza era una sciocchezza, una vecchia questione tra loro, Gaston si impuntava perché sapeva di colpirla dove faceva male – ora raccontarla tutta era lunga, disse, ma in generale, sí, i soldi si stavano esaurendo e presto avrebbe dovuto chiedere aiuto, aiuto vero. Al centro della passerella Gaston guardava i gabbiani e le vene della corrente spesse come quelle di una mano, appoggiato alla balaustra, la tavola sotto un piede e l'espressione tragica di un soldato. Andavano nella stessa direzione, Elena e mio padre, ma anche se tutto sembrava accidentale lui sapeva che non era solo per una pura casualità che quella domenica tersa e ventosa di novembre stava camminando a fianco di una donna sconosciuta.

C'era una comune voglia di racconto, di spartizione, e fu cosí che una parola chiamò l'altra. Lei si trovò a confessare di aver perso il lavoro: era impiegata in una ditta di cosmetici che aveva chiuso i battenti. – Cassa integrazione e poi via, tanti saluti.

– Devo averne sentito parlare.

– Dubito, non è venuto nessuno. Niente giornali, niente televisioni. Non eravamo abbastanza belli o interessanti.

– Allora mi confondo.

– C'è chi ha fiutato l'aria e se n'è andato in tempo. Quelli con competenze specifiche. Soprattutto i chimici. Io ero in amministrazione, una come tante. Carne da cannone.

Mentre lei parlava, un tarlo prese a scavare nella testa di mio padre, un'idea che gli era venuta subito dopo il discorso sui tacos, e che lui aveva fatto finta di non sentire – immagino il suo terrore nel dare retta alla voce che gli sussurra che da una parte c'è un ragazzino affamato di qualcosa di diverso dalle solite tortillas surgelate e dall'altra un pranzo pronto che nessuno avrebbe mangiato. Aveva cercato di scacciare quei pensieri come si fa con le mosche, ma le mosche erano tornate, attratte dall'odore della pelle – dell'umano. Non era cosa da lui, bisogna dirlo. Per niente. Fatico a credere che si sia arreso e che gliel'abbia proposto. Ma quella domenica, forse perché aveva bisogno di accudimento e calore tanto quanto la donna e il ragazzino, riuscí a fare due piú due senza stare lí a rimuginare troppo sul risultato. Superando la sua naturale riservatezza, mentre attraversavano il ponte pedonale, raccontò a Elena ciò che c'era da raccontare: la storia di Rachele che si era rotta il braccio, la mattina trascorsa a cucinare e tutto il resto.

Cosí.

– A pranzo a casa sua?

– Può sembrare una proposta inconsueta, – rispose mio padre, la voce smarrita.

– No... cioè, forse un po' sí...

– Non tanto da essere inopportuna, mi auguro.

Elena non disse niente, sfiorò con un dito il corrimano.

– Giuro che non ho cattive intenzioni. La cosa peggiore è che vi toccherebbe assaggiare la mia cucina e vi avviso, sareste i primi... – Sorrise. – Non sono certo di essere un gran cuoco. Anzi, sono abbastanza certo di non esserlo.

Elena scosse il capo. – Non è questo il problema.

– Lo immagino. Dubito mi odierete se il ripieno delle cipolle è sciapo, ma il *mio* problema è che, ecco, ho preparato tutto questo cibo. Per cinque. Andrebbe sprecato.

Nel frattempo si erano avvicinati a Gaston che pur facendo finta di essere col pensiero da tutt'altra parte doveva aver orecchiato parti del discorso. Infatti all'improvviso si voltò di schiena alla balaustra, ci allungò sopra entrambe le braccia, inarcò la schiena e con ostentata noncuranza chiese *esattamente* cosa avesse preparato mio padre per pranzo. Elena inclinò il collo e portò le mani ai fianchi. – Gaston! – sbottò.

Lui le rivolse un'occhiata allegra.

– Vediamo... Ci sono le cipolle ripiene. Il budino di Seirass...

– Di...?

– Seirass. È un formaggio.

– Un dolce di formaggio?

– No, non è un dolce, è salato.

– Un budino salato?

– Si chiama budino per la consistenza. Di fatto è un *flan*.

– Credo che mi piacerà, – annuí Gaston. – Poi?

– Tagliatelle, – continuò papà usando le dita per tenere il conto, – e il pollo in gelatina...

– Pollo in gelatina? – Gaston s'illuminò e spalancò gli occhi, le pupille tonde come noccioli di ciliegia.

– E la zuppa inglese.

– Cos'è?

– È il dolce che ci ha fatto la nonna a Natale, – disse Elena.

– Quello con la crema pasticcera e il liquore?

– Allora? – chiese papà.

Gaston scrutò ansioso la madre pregandola con lo sguardo.

Papà disse che, a quanto pare, una parte della famiglia sembrava favorevole e che era una domenica strana, quella, che certi giorni si portano dietro un'aria di novità, che forse era per quel vento anomalo e che – lui poteva ben dirlo – non sono occasioni facili da cogliere. – Insomma, ciò che voglio dire è che non è stato facile neanche per me chiedervelo, – ammise. – E che se doveste rifiutare lo capirei.

Le guance tese e le labbra socchiuse, Elena lo guardò a lungo, finché, trovato conforto nella decisione, il volto si rilassò. Disse che lo ringraziava moltissimo, che era commossa dal gesto, ma non poteva accettare.

Gaston alzò gli occhi al cielo e sbuffò un'imprecazione.

Papà provò a insistere, ma con leggerezza, piú che altro per non sfilarsi subito dal ruolo e non dare l'impressione di essere, in realtà, sollevato dal rifiuto.

Non si conoscevano, disse Elena. – Non voglio sembrarle ingrata. Cerchi di comprendere, non penso che lei sia un serial killer e che voglia tagliarci a pezzi e nasconderci nel congelatore, – ma in ogni caso, ecco, cento motivi piú che sensati le sussurravano che non era il caso di accettare un invito a casa di uno sconosciuto.

Lui disse che capiva perfettamente e che era contento anche solo di averglielo chiesto.

Fecero ancora un tratto di strada insieme, poi si salutarono e presero due direzioni diverse.

Dopo alcuni metri papà si fermò e passò le mani sulla stoffa della giacca nel gesto di chi deve asciugarle. Si guardò attorno come se avesse perso qualcosa e scoprí il polso per controllare l'ora. Annuí tra sé e sé: è andata bene cosí, pensò. E poi, perché Sonia non lo chiamava per aggiornarlo sulle condizioni di Rachele? Prese il cellulare. Chiamò. Sonia non rispose. Provò con Marco, ma non rispose neppure lui. Cominciò a scrivere un messaggio, ma si accorse di essere indispettito dalla loro mancanza di sensibilità nei suoi confronti e che il messaggio aveva un tono acido. Decise che avrebbero visto le chiamate e lo avrebbero avvisato quando c'era qualcosa da dire. Nessuna nuova, buona nuova. Infilò il cellulare nella tasca della giacca, fece mezzo isolato, si fermò di nuovo, lo ripescò, si assicurò di avere la suoneria al massimo, quindi lo mise via e proseguí verso casa.

Una pattuglia dei carabinieri era ferma con la macchina davanti a un portone. Stavano suonando a un citofono. Mio padre li superò senza guardarli.

Quella mattina mamma si era svegliata con il sole addosso. Poi era uscita per andare a pranzo da una vecchia amica. Io ero rientrata senza preavviso: di ritorno da una tournée in Spagna ero diretta a Roma, ma avevo deciso di fermarmi qualche giorno a Torino. Alessandro era uscito presto per andare a Milano, aveva un colloquio di lavoro, una proposta che già sapeva avrebbe rifiutato, ma come aveva preannunciato: perché perdersi una buona occasione per dire di no? Sonia si era appena trasferita nella casa con l'albero di cachi.

Erano le cinque del pomeriggio.

Bevevo tè alla menta e ascoltavo un vinile appartenuto a mio nonno, canzoni italiane degli anni Cinquanta, *Il tuo bacio è come un rock*, *Eri piccola cosí*, *Buongiorno tristezza*, in cerca di un brano da inserire in uno spettacolo per cui mi avevano assunto come *Dramaturg*. Ero lí, immersa nel fumo pesantissimo delle sigarette che si fumavano allora e che la musica riusciva ancora a emanare e in parole che oggi non avremmo piú usato in quel modo, quando sentii suonare alla porta. Andai ad aprire. Era Andrea. Lo salutai con affetto perché era molto tempo che non lo vedevo e lui iniziò uno dei suoi discorsi che sembrava avere appena interrotto, qualcosa che aveva a che fare con un corso da ammaestratore di cani a cui si era iscritto. Buttai lí che forse si diceva addestratore, che ammaestratore faceva pensare alle pulci o agli elefanti, ma lui continuò come se non avessi fiatato. Poi, mentre eravamo sulla porta e Andrea, giocando con lo zerbino, era passato dai cani alle lucertole, certe lucertole che secondo lui erano in grado di arrampicarsi sui muri fino ai piani alti dei palazzi, suonarono di nuovo, questa volta da sotto.

Chiesi chi era. Rispose un carabiniere. Disse di aprire. Per favore.

Durante il periodo dell'università mi capitò di intercettare una strana discussione tra mia madre e un uomo che sapevo essere l'ex marito di una sua amica, una collega dei tempi dello studio notarile. Erano venuti a cena qualche volta, poi mi era sembrato che si fossero persi di vista. Non sapevo che il problema fosse stata la separazione. Lei si era trasferita a Ravenna e, come scoprii piú tardi, con mamma avevano continuato a scambiarsi lunghe telefonate, mentre lui era rimasto a vivere a Torino, nella vecchia casa. Non avevano figli. A quanto pare non potevano averne e questa era stata una delle cause del logorio; si erano scontrati soprattutto sulla possibilità di adottarne.

Ero andata all'università per parlare con un professore che però mi aveva tirato pacco affidando le scuse a un biglietto appeso alla porta con scritto «sopraggiunti impegni»: pensai che anche quello con me era un impegno, o no? Ma tant'è. Ero rientrata intorno alle undici di mattina. Già che c'ero, ero andata a prendere l'acqua frizzante al supermercato – compito mio che ero quella con la fissa dell'acqua frizzante – ed entrata in casa con due confezioni da sei, una per braccio, avevo trovato mia madre e quest'uomo in cucina, seduti al tavolo a parlare. Avevano preso il caffè, c'erano ancora le tazzine, il bricco del latte e un piattino con dei biscotti.

– Ehi! – dissi posando le bottiglie.

– Sei già tornata, – rispose mamma. – Ti ricordi… – e disse un nome che all'epoca sí, ricordavo, oggi invece no.

– Certo, come va? – Mi avvicinai per stringergli la mano. Lui si sporse in avanti per ricambiare la stretta, ma non disse niente.

Mamma mi chiese dell'università.

– Niente di che, – risposi. – Quello stronzo di Marciani non si è fatto trovare. Di nuovo.

Sapevo che davanti a quella frase, al modo, all'insulto, mamma avrebbe avuto a che ridire: qualcosa sul rispetto, forse, e sul linguaggio, invece abbozzò un sorriso e scrollò le spalle con un'indolenza che non era sua, poi mi chiese altro, non ricordo cosa, il cui scopo, cosí mi sembrò, era quello di mettere in scena una certa complicità tra di noi a favore dell'uomo seduto nella nostra cucina. Ebbi la sensazione che nella stanza ci fosse un riverbero strano, come alla fine di un trasloco, quando le case si scoprono nude. Io risposi a monosillabi e dopo un silenzio scomodo fu lui a chiedere a cosa mi fossi iscritta. Dissi Lettere classiche. Spiegai che mi interessava il teatro e per farmi vedere che ne sapeva mi confidò di essere andato da poco a vedere uno spettacolo che gli era piaciuto *moltissimo*: di nuovo, ora non ricordo quale, ma aveva detto una roba mainstream che consideravo ridicola. Non volevo essere scortese, cosí annuii cercando di dissimulare e imbastii qualche frase di circostanza, dissi che non ne sapevo granché, e sí, grazie per il consiglio, per non metterlo a disagio, ché se lo avessi fatto avrei messo a disagio anche mamma, e non volevo. A quel punto dissi che andavo in camera a studiare e li lasciai soli.

Accesi la musica. Poi la spensi. Li sentivo chiacchierare e ogni tanto il volume delle voci si abbassava al punto da far pensare che fossero zitti, ma poi una risata in risposta a una battuta confermava che stavano solo parlando piano. Mi venne in mente Alessandro sul balcone e mi resi conto che stavo resistendo alla voglia di origliare. Aveva anche lei una tresca? Sí, è probabile che dopo la scoperta dell'amante venezuelana mi fossi chiesta se anche lei avesse qualche amicizia particolare, ma mi ero detta no, probabilmente no. In quel momento, invece, mi resi conto che forse sí. Forse anche nostra madre aveva una vita oltre noi.

Non so quanto rimasero in cucina, ma so che io restai tutto il tempo seduta alla scrivania, immobile, il quaderno degli appunti davanti, un evidenziatore arancione in mano, e non lessi neppure una parola e non tracciai neppure una riga.

Poi le sentii dire: – Ti prego...

Fu un «ti prego» che s'infilò sotto le porte come un'ombra. Lui ribatté qualcosa di inaudibile, nel senso che non riuscii a sentirlo, mentre mi arrivò chiara la risposta di lei: – No –. Non c'era pericolo in quella parola: tensione, ma non pericolo. Non mi mossi. Uscii in corridoio e tesi le orecchie. La sentii parlare di frutti di mare – *frutti di mare?* – e a quel punto il volume della sua voce si mantenne sulle solite frequenze alte e sincere. Ogni vocale trasparente. Ogni consonante un colpo di archibugio. Frasi tipo: in Francia il prezzo delle sigarette è aumentato tre volte negli ultimi quindici anni e i consumi si sono dimezzati e: non lo so, i nostri amici andranno a Sirmione, oh, sí, come sempre, ci sei mai stato? È incantevole.

Quando sentii il rumore delle sedie che strisciavano, i colpi dei passi, attesi qualche momento, quindi li raggiunsi nell'ingresso: lui si stava infilando la giacca, mentre mamma, a braccia conserte accanto alla porta dello sgabuzzino, lo osservava evitando accuratamente di guardarlo negli occhi. Vedendomi arrivare mi sorrise con tenerezza, aprí la porta e disse: – Sei stato gentile a passare.

– Figurati.

– Fammi poi sapere.

– Sí –. E rivolto a me: – È stato un piacere rivederti. Fatti rispettare da quei cialtroni di professori.

– Non sono tutti cialtroni, – disse mamma.

Dissi: – Marciani lo è di certo.

– Vabbe', – fece lei sfarfallando con la mano. – Stai bene... – disse ancora all'uomo.

Lui fece un ultimo cenno col capo e uscí, ma davanti all'ascensore, in attesa che raggiungesse il piano, si passò le dita tra i capelli, si voltò e schiuse le labbra come per aggiungere qualcosa. Negli occhi aveva una domanda. Lei non mosse un muscolo e nel momento esatto in cui l'ascensore apparve accompagnò la porta alla chiusura, con una lentezza infinita. Senza attendere di vederlo sparire.

Se, stanca d'alberi, mi capita di cercare uomini e donne, vado con la memoria a mia madre e alla sua serenità. Che non vuol dire che non abbia dovuto confrontarsi con uragani o siccità prolungate, ma forti erano le radici che la legavano alla terra e di quella presa era cosciente, cosí come della necessità di preservarla.

Lei e mio padre – l'ho capito anni dopo, molti anni dopo, soprattutto grazie a Jawad e al suo sguardo obliquo sugli affetti e sulla famiglia, lui che è figlio di molte culture – avevano trovato un equilibrio. Non credo si sia trattato di un accordo, qualcosa di *detto*, ma qualcosa di piú arcaico, di *agito*, di animale. Gesti. Una certa fiducia reciproca nel fatto che oltre un determinato limite non si sarebbero spinti.

Credo sia andata cosí.

Ma come ho detto: non è stato facile per me capirlo. Sempre che abbia davvero capito qualcosa.

Mio padre pensò che la mattina successiva sarebbe andato a Biella a fare visita a Rachele – ma perché non telefonavano? – e che all'apertura dell'officina – a che ora apriva? – avrebbe ritirato l'auto e se non era pronta l'avrebbe comunque presa e riportata un altro giorno per finire il lavoro. Non fosse stato possibile, ne avrebbe chiesta una di cortesia – ne avevano?

Stava pensando questo quando si sentí chiamare. Si voltò. Elena e Gaston si dirigevano verso di lui. Gaston lanciò lo skate, ci saltò sopra e un attimo prima di finirgli addosso e tranciargli le gambe inchiodò strisciando la coda, fermandosi in derapata. – Abbiamo cambiato idea, – annunciò sorridendo.

A papà non venne altro da dire che: – Oh!

Non se l'aspettava.

Quando Elena li raggiunse lui la guardò in attesa che dicesse qualcosa, ma era chiaro che non sapeva cosa dire. Aprí la bocca due volte ed entrambe la richiuse. S'intuiva che continuava a non essere convinta di ciò che stava facendo, ma alla fine disse che lo ringraziava della proposta, che si era sentita in colpa, e scortese, nel dubitare delle sue intenzioni, e che volentieri, già che il pranzo era pronto, lei e Gaston avrebbero accettato l'invito a unirsi a lui. Poi schiuse le labbra di nuovo e ancora una volta le serrò. A quel punto papà disse che se andava avanti cosí si sarebbe trasformata in un pesce, come in un gioco dei mimi. Elena sorrise imbarazzata.

– Da questa parte, – fece lui, e con il braccio indicò di seguirlo.

Camminarono in silenzio per un isolato. Gaston li precedeva di una decina di metri, dritto ed elegante sullo skate. Trovando il silenzio scomodo Elena si sforzò di pensare a qualcosa per riempirlo. – Quindi dove l'hanno portata?

– Chi?

– Sua nipote. In che ospedale?

– A Biella. Loro abitano da quelle parti.

– L'ho chiesto perché anche noi abbiamo la nostra esperienza di ospedali. Gaston si è fratturato il polso destro, il sinistro, e si è pure lussato una spalla.

– Tutto insieme?

– Una volta un polso. Poi spalla e l'altro polso insieme.

– Sullo skate?

– La prima volta. Il polso. La spalla giocando a pallone. Nella foga è finito contro un muro.

– Un muro?

– Già.

– A quest'età sono pazzeschi. C'è da chiedersi come ne escano vivi –. Papà tossí, prese il fazzoletto dalla tasca e si asciugò le labbra. Invecchiando si era accorto di un aumento della salivazione e se c'era una cosa che detestava era la gente con le labbra umide, cosí aveva preso l'abitudine di girare coi fazzoletti, quelli di stoffa, lui che, prima di allora, non ne aveva mai posseduto uno. Gli venne in mente una cosa a cui aveva pensato di recente guardando uno di quegli appelli strazianti che passano in televisione all'ora di pranzo: neonati denutriti, bambine che stanno perdendo la vista, ragazzine con il labbro leporino; disse: – Da piccoli il rapporto con la sofferenza è diverso.

– Dice?

– Gli adulti sono piú consapevoli della sofferenza e sanno anche che potrebbe non esserci una cura. I bambini hanno il pensiero magico cui affidarsi.

– A me verrebbe da credere il contrario. Che razionalizzandolo il dolore lo si riduce e lo si affronta meglio. Prendiamo il dentista. Da bambini anche solo il rumore del trapano evoca sofferenze inaudite...

– Non soltanto da bambini, direi.

– Allora prenda le siringhe e le punture.

– Ho capito, ma io non sto parlando di quel tipo di sofferenza. Intendo la malattia. Intendo la paura della morte.

Una moto passò sgasando.

– In effetti mi viene in mente una cosa, – disse Elena. – L'anno scorso hanno ricoverato mia madre... sembrava una cosa grave e invece per fortuna era una sciocchezza. Andavo a trovarla. Mi sedevo accanto al letto. Le tenevo la mano. Aveva bisogno di me. Sentivo che voleva che le facessi coraggio. Anche quando hanno tenuto in osservazione Gaston per la spalla non riuscivo a staccarmi dal suo letto. Pensavano fosse da operare. E anche a lui tenevo la mano ma... in quel caso ero io ad averne bisogno. Ero io a dover essere consolata. Era insopportabile vederlo in quel letto d'ospedale, sofferente e scomodo, che non riusciva a girarsi o altro. Eppure era lui a rassicurare me. Mia madre mi guardava tipo dimmi che andrà tutto bene. Gaston mi guardava tipo, tranquilla, non mi sono fatto niente.

Il sole fece capolino attraverso le foglie e un raggio accecò papà per un istante; chiuse gli occhi e sentí il vento sulla faccia.

– Ha una sola figlia?

– No. Due femmine e un maschio.

– È contento di essere nonno?

– Molto. Mi piacerebbe anche vederle di piú, le bambine. Se solo abitassero qui.

– Cosa li ha portati a Biella?

– Non esattamente Biella. Un po' fuori, in campagna. E la risposta è che non lo so. Spero lo sappiano loro, almeno. Una specie di chiamata, se cosí si può dire. Ce l'hanno sempre avuta, questa cosa della campagna, del vivere fuori città.

– Anche io e Olivier ci abbiamo pensato qualche volta, soprattutto dopo aver avuto Gaston –. Rise. – Io non me lo ricordo piú com'era la mia vita senza Gaston.

Papà pensò che lui ricordava fin troppo bene com'era la vita con una casa piena di figli e una moglie che lo attendeva al ritorno dei viaggi. Sentí una stretta allo stomaco e commentò: – Se lo goda. Un giorno le mancherà terribilmente.

– E chissà che ricordo conserverà lui di me.

– Chi può dirlo?

– A volte… – Elena infilò le dita sotto la maglia e si grattò il collo.

– A volte?

– Mi sento cosí inadeguata.

– Benvenuta nel club.

– Anche lei?

– Quale genitore non si è sentito inadeguato?

– Ho sempre l'impressione di perdermi dei pezzi.

– Io e mia figlia Giulia non ci parliamo da mesi. Le sembra sufficiente?

Elena lo fissò negli occhi. – Come mai?

Papà non rispose, o almeno, a me ha poi detto di non avere saputo cosa rispondere. Bofonchiò qualcosa di incomprensibile che tra l'altro venne coperto da un'altra moto in accelerazione la cui marmitta scoppiettò come fosse piena di petardi. Non aveva voglia di parlare di me e di lui. Approfittò della moto, attese che defluisse il frastuono e cambiò discorso: le chiese del lavoro.

– Ecco, appunto. Anche il lavoro, – disse Elena. – Fosse per me, io sono sempre stata abituata a cavarmela con poco. Ma quando devo dire no a Gaston perché non ho i soldi per questo o per quello...

– Questo è un buon motivo per darsi da fare.

– Cosa intende?

– Lo faccia per lui.

– Cosa?

– Qualcosa. Qualsiasi. Si reinventi. È ancora giovane.

– Reinventarmi?

– Usi la fantasia...

– Fantasia!

– Non mi fissi cosí. Non sto scherzando.

– Non penso stia scherzando, ma guardi che superati i trenta non si è piú giovani manco per niente.

– Ma che dice? Può ricominciare da capo, formarsi. Fare cose che non avrebbe pensato di fare.

– È da ragazzi che si studia. Ventinove, – disse Elena. – Il confine è ventinove anni. Poi tutto cambia. Niente apprendistato o stage o altra roba.

– Quella è burocrazia.

– Questo è quello che dice il mercato.

– E lei non lo ascolti.

– La mette giú facile.

– Dico sul serio. A meno che non le venga piú comodo dargli retta.

– A chi?

– Al mercato.

Elena fece ancora due passi, ma come se fosse stata ferita da un proiettile e fosse sul punto di accasciarsi. Un'ombra dolorosa le scese sugli occhi. – In che senso?

– Nel senso…

– Sta forse insinuando che voglio passare per vittima?

Papà si portò una mano alla fronte. – No, mi scusi. Era una riflessione cosí, in generale.

– Ma intendeva quello.

– Stavo solo… pensando ad alta voce. Era pura speculazione.

– Ma cosa voleva dire?

– Ecco, volevo dire che può capitare, non dico a lei, ma può succedere che uno non abbia la forza di impegnarsi a fondo e quindi accampi delle scuse.

– Non è da me fare la vittima –. Elena si indicò il petto.

– Non lo metto in dubbio.

Ripresero a camminare. – Ma è anche vero che ogni tanto mi sento vecchia.

– Vecchia?

– Non rida, okay? Non c'è niente da ridere.

– Sí, vabbe', ma se è vecchia lei io cosa dovrei dire?

– Intanto lei immagino non stia cercando lavoro. Avrà la sua pensione. E poi non è l'età. È qualcosa qui, – e si tamburellò sulla tempia.

– Guardi, anche fosse, e non lo è, non è vero che dopo una certa età non si ha piú la freschezza per apprendere. È che impariamo in modo diverso, tutto qui. Piú consapevole. Piú selettivo.

– Crede?

– Ne sono convinto. Dipende da come si usa il cervello. Dagli stimoli. Mi rifiuto di pensare che la vita sia solo un progressivo rincoglionimento… – Le scoccò uno sguardo complice sollevando un sopracciglio. – Prenda Michelangelo. Lui ha continuato a realizzare opere eccezionali sino a tarda età. O Bauman. Mente fenomenale fino all'ultimo secondo. O aspetti, quel chimico francese… me ne ha parlato mio figlio... Michel-Eugène Chevreul. Da giovane si occupa di acidi grassi e inventa la margarina, a cinquant'anni disegna un cerchio cromatico per classificare le sfumature di colore, cosa che influisce su non so quale movimento artistico, e a novanta comincia a studiare l'invecchiamento del corpo umano e diventa un pioniere della gerontologia.

– Lei non si sente invecchiare?

– Ci sono giorni peggiori e giorni migliori.

– Il tempo è una brutta bestia.

– E la vecchiaia non è un posto per femminucce. Credo lo abbia detto Bette Davis.

– Chi?

– Bette Davis. L'attrice. Donna meravigliosa.

– In un altro posto dove Gaston va sullo skate, dove lo porto ogni tanto, a Parco Dora, c'è questa scritta su un muro. Dice che un uomo è vecchio solo quando i rimpianti superano i sogni. È carina, ma non dice nulla sul fatto che i sogni, a volte, ci accorgiamo di non poterli realizzare.

– Forse perché erano sogni irrealizzabili. E lo dico da realista, non da cinico.

– Non vedo la differenza.

– Voglio dire... ci sono obiettivi che possiamo raggiungere, quelli che potremmo ma il mondo si mette di traverso, e infine quelli irraggiungibili e basta. Il secondo caso credo sia il piú doloroso... Le faccio un esempio. Marco Van Basten. Giocatore di calcio olandese, uno degli attaccanti piú forti di sempre. Ha un talento mostruoso, ma anche un problema alla caviglia. Fatto sta che si sottopone a diversi interventi e forse lo curano male, o non so, ma a trent'anni è costretto a lasciare il calcio. Mi sono sempre chiesto come si è sentito. Quello che è certo è che il mondo gli si è messo di traverso senza che lui potesse farci niente. Lo adoravo, Van Basten... – Indicò davanti a sé. – Dovrebbe dire a Gaston di fermarsi. Il mio portone è quello.

Ecco, una volta chiesi a mio padre se era felice. Andavo al liceo e avevo letto la favola di Androclo e il leone, quella in cui si dice che i malvagi non esistono perché la gente si comporta male solo quando è infelice e quindi per far tornare buone le persone bisogna capire la causa della sofferenza, come fa Androclo togliendo la spina dal piede del leone. Era prima che Ale lo sentisse parlare della sua amante venezuelana, quindi non era per quello che glielo avevo chiesto. Ma c'era qualcosa... Non era solo il fatto che fosse spesso lontano, impegnato a costruire ponti chissà dove. No. Era un altro tipo di assenza. A volte si comportava come se il suo interesse per noi fosse – come dire? – contrattuale: come se qualcuno gli avesse letto le istruzioni e lui cercasse di seguirle. A teatro capita di riconoscere la persona dietro la maschera.

Quando glielo chiesi, quando gli chiesi se era felice, lui era seduto alla scrivania e stava aggiustando un abat-jour e rispose di sí continuando ad avvitare una vite minuscola che doveva bloccare un sottile filo di rame. – Certo che sono felice. Perché me lo domandi? – Lo incalzai chiedendo cosa fosse per lui la felicità. Continuò a lavorare sulla vite finché non ebbe la certezza di aver bloccato il filo. Provò a tirarlo e quello non si mosse. Posò il cacciavite e mi studiò dal basso verso l'alto. – Ad esempio, fare bene ciò che amo fare, – disse. E per un attimo, ricordo, sentii in bocca il peso della domanda successiva, quella che sarebbe stato logico opporre: e quindi cos'è che ami fare? La sentii squittire, come un topo che esce dalla tana. Ma la ingoiai.

Sonia, Giulia e Alessandro.

Prima venne Sonia. Era all'asilo quando cominciò a scaldarsi per le ingiustizie nel mondo. A dodici anni, ad Andora, in Liguria, liberò un'aragosta dalla vasca di un ristorante perché le sembrava che si trascinasse dentro la sua armatura come un cavaliere agonizzante. Sonia che è stata vegana per sette anni e che ha ripreso a mangiare uova e formaggio, persino carne nelle occasioni speciali, quando è rimasta incinta di Greta. Sonia che indossa vestiti esotici; con un nome letterario e teatrale, arrivato dalla Russia alla fine dell'Ottocento – Sonja. Lo trovate in *Delitto e castigo* e *Zio Vanja*. Sonia che nella tesa del cappello e sul tascapane, all'università, attaccava le spillette dei centri sociali e di Amnesty International. Che aveva paura dei ragni. Che ancora oggi ha una foto di Che Guevara appesa in cucina con una molletta, la stessa che teneva accanto alla scrivania vent'anni fa: sdraiato sul balcone della casa in Calle Aráoz a Buenos Aires nel '47, camicia bianca e pantaloni lunghi di lana, le mani dietro la testa, lo sguardo rivolto al cielo, fuori campo. Sonia che ha incontrato Marco a una sagra nelle Langhe. Cui piaceva giocare a calcio con i ragazzi e che non ha mai preso in considerazione il fatto che la relazione tra nostro padre e nostra madre fosse anche un problema nostro.

Dell'amante venezuelana, con lei, ho discusso una sola volta. Discusso! Diciamo che è stata cosí paziente da ascoltare un mio monologo sull'argomento. Mentre le parlavo lei scriveva lettere in inglese da spedire ai carcerati di non so quale nazione e tra una parola e l'altra mi guardava come si guarda un cielo ostile dietro una finestra sferzata dalla pioggia, intimoriti, ma all'asciutto. Cosa potevamo fare? Avevamo forse voce in capitolo? I figli, soprattutto quelli cresciuti, sessualmente attivi, emotivamente proiettati all'esterno della famiglia, hanno ancora il diritto di giudicare la vita affettiva ed erotica dei loro genitori? Non erano forse, come disse sollevando lo sguardo, *affari loro*? Risposi che evidentemente non amava nostra madre quanto me. Lei, continuando a scrivere le sue lettere ai carcerati, ribatté che da come ne parlavo sembrava che papà avesse piú che altro tradito me. Io sbraitai di non dire cazzate. Feci per andarmene, ma sulla porta mi voltai e gelida dissi che papà aveva tradito entrambe. Aveva tradito tutti. Sonia, senza alzare gli occhi dal foglio, rispose che era piú complesso di cosí, molto piú complesso. Non ci parlammo per settimane.

Per prima Sonia, quindi, che al funerale di nostra madre ha letto dei versi di Walt Whitman:

Il tarlo e le uova dei pesci sono al loro posto,
Il luminoso sole che vedo e i soli neri che non vedo sono al loro posto,
Il palpabile è al suo posto e l'impalpabile è al suo.

Questi sono veramente i pensieri di tutti gli uomini in tutte le età e le terre, essi non sono miei personali,
Se non sono vostri tanto quanto miei non sono nulla, o presso che nulla,
Se non sono l'enigma e la soluzione dell'enigma non sono nulla,
Se non vi sono vicini cosí come lontani non sono nulla.

Poi venni io. Che invidiavo la serenità dei religiosi e m'immergevo nei boschi camminando per ore, e che un pomeriggio tardi, d'inverno, ho dovuto chiedere aiuto a una donna che aveva bucato una gomma perché mi ero persa. Io che una sera, alla fermata del tram, ho visto una signora dai capelli bianchi e il viso segnato da rughe profonde, testimoni dell'aver vissuto, chinarsi su un bambino intento a sfiorare con la punta della scarpa un bottone caduto in una pozzanghera, e dirgli: «Vedrai, stasera io e te staremo bene insieme», e mi è sembrata una scena cosí piena di bellezza che l'ho usata alla fine di uno spettacolo. Io che amo definirmi per accumulo di parole: filo fune spago nesso scarto identità nuoto albero e radice, e contemplazione, e pane nero, e marmellata di mirtilli; e poi perdono – difficoltà? – e corpo e gesto e palco e straniamento e maschera e *merda!* e applauso a scena aperta e applauso di sortita e sipario e uscita; e poi madre e padre e fratello e sorella e.

Infine Alessandro. Per lui potrei tentare una biografia per oggetti: li immagino ammucchiati in scena come un enorme catasta del senso. Bombole ad aria compressa, una muta, un manometro, un boccaglio e un moschettone. Su una sedia un fornello da campo, sotto il tavolino una lanterna, appoggiato allo schienale della sedia un badile pieghevole. Dentro una cassetta della frutta c'è della garza sterile, un antisettico e un cerotto, una maschera bifiltro: una valvola di inspirazione e una di espirazione. Un martello perforatore con servo sostegno è a terra illuminato da un occhio di bue. Poco distante, un pressurizzatore. Dovessi immaginare una voce fuori campo userei le leggende francesi dei folletti domestici – *les petits nains de la montagne la nuit font toute la besogne pendant que dorment les bergers* – mentre i pastori dormono i piccoli nani della montagna fanno tutto il lavoro. Alessandro che da piccolo scivolava nel mio letto la mattina presto e mi chiedeva di scaldargli le mani. È sempre bastato sorridere, a lui. E in fondo, cos'altro serve?

Entrarono nell'androne dove stagnava un forte odore di ragú e di cipolle. Delizioso. Gaston annusò a pieni polmoni.

– Se ve lo state chiedendo, no, non sono io, – disse papà. – Mi spiace.

Presero l'ascensore e salirono al terzo piano. Gaston si guardò nello specchio, si tolse il berretto e aggiustò i capelli scuotendo la testa, le dita a rastrello. Appena usciti, una porta sul pianerottolo si spalancò come una guardiola.

– Ciao! Ciao! Ciao! – disse Andrea andando loro incontro. I capelli lunghi gli nascondevano gli occhi, la tuta rossa dell'Adidas cadeva molle sul corpo. – Loro chi sono? Chi sono? – e intanto si picchiettava la tempia con un dito.

– Lui è Andrea, – disse papà. – Il figlio di Maria, la mia vicina –. Rivolto al ragazzo: – Loro sono degli amici.

– Come si chiamano?

Elena si presentò e fece segno a Gaston di fare altrettanto.

– Elena e Gaston. Gaston Gastone. Fortunato Gastone.

Gaston guardò sua madre senza capire. Mio padre spiegò che si riferiva al cugino di Paperino. – Andrea è un voracissimo lettore di fumetti. Vero, Andrea?

– Gaston è fortunato, sí sí. Lui lo sa. Lo sa chi prende in giro le persone.

– Cosa? – chiese Gaston.

– Credo sia un indovinello. È da stamattina che lo ripete.

– Sí sí sí. Prende in giro le persone.

Papà disse ad Andrea che ci avrebbero pensato, avrebbero pensato a chi prendeva in giro le persone e in caso sarebbero andati a dirglielo. Infilò la chiave nella serratura e invitò Elena a entrare. Quando si trovarono tutti e tre nell'ingresso il silenzio dell'appartamento sfarinò sui loro corpi ingessandoli. C'era un indefinibile odore di cibo misto a un vago sentore di umidità. Papà disse di posare le giacche e indicò l'attaccapanni. Gaston appoggiò lo skate al muro. La casa non era disordinata, né sporca. Una signora, la stessa da una decina di anni, passava una volta ogni due settimane a fare i lavori grossi, pulire le finestre, lavare le tende, mentre papà era solito intervenire subito quando si accorgeva di aver versato del vino o disseminato in giro briciole di biscotto. Osservò quei due sconosciuti guardare le pareti e i mobili della casa, casa sua, casa nostra, la casa della nostra famiglia, una donna e un ragazzino che con lui non avevano niente a che fare, e improvvisamente si sentí perso. Non sapeva piú come muoversi. Cosa diamine gli era saltato in testa?

– Venite, – bofonchiò. – Avete, non so, avete bisogno del bagno?

Gaston annuí e lui glielo indicò: la porta in fondo al corridoio.

– Un bicchiere di vino? – chiese a Elena.

– Grazie, sí. Ha una casa molto bella.

Si spostarono in cucina. Sulla mensola c'erano sia le coppe che i bicchieri bassi, si chiese quali fossero piú adatti e decise per i bicchieri bassi. Pretenziose, le coppe. Aprí il frigorifero, prese una delle bottiglia di Arneis che aveva preparato per il genero e ne versò due bicchieri.

Elena sollevò il suo per un brindisi. – Grazie, – disse. – Stamattina mi sono svegliata con la testa piena di ombre.

Non tutte, ma qualcuna l'ha spazzata via. Quindi grazie davvero.

– E che l'Arneis si occupi delle altre.

Elena rise coprendosi la bocca con la mano. Anche mia madre lo faceva. Lui se ne accorse e un calore gli scese nel ventre. La osservò bevendo, da sopra il bicchiere notò che aveva una cicatrice accanto all'occhio e le sopracciglia spesse e curate che si chiudevano ai lati delle palpebre dando allo sguardo una sfumatura sotterranea. Alla bacheca della cucina era appesa una foto di noi cinque a Parigi, durante un viaggio estivo risalente a una decina di anni prima; alle spalle avevamo l'Istituto del mondo arabo.

Elena si avvicinò alla foto, la studiò in silenzio. – La sua famiglia?

– Già.

– Sua moglie?

– Non c'è piú.

– Mi spiace.

Papà annuí non sapendo cos'altro dire.

Squillò il cellulare. Lo aveva lasciato nella tasca del giaccone. Andò nell'ingresso a prenderlo: era Sonia. – Finalmente, – sbottò. – Allora?

Sonia rispose qualcosa che lui non capí.

– Ti sento male.

La immaginò spostarsi verso una finestra o un cortile. – Papà?

– Ecco, ora ti sento… Raccontami.

– Eh, insomma, le stanno facendo una tac.

– Una tac?

– Ha cominciato a lamentarsi per il mal di testa e ha detto di avere la nausea.

– Ha vomitato?

– No.

– Quindi? – disse papà con una voce acuta che non era la sua.

– Quindi potrebbe avere un trauma cranico.

Lui rimase in silenzio. La pelle morbida accanto all'occhio ebbe una contrazione.

– Ma forse anche no... ecco, non lo sappiamo, – continuò Sonia. – Per questo le stanno facendo la tac.

– Non hai detto che aveva battuto la testa –. La voce, ancora piú acuta, sfuggí come uno zampillo.

– Papà, è caduta da un albero. Può anche aver battuto la testa. Spalla, gomito, bacino. Può aver battuto qualunque cosa. Dice che non se lo ricorda perché il male forte è arrivato dal braccio.

– Santo cielo...

– Ora vediamo cosa dicono i medici.

– Ti sembrava confusa?

– Con un braccio rotto è difficile dirlo.

– Non ci posso pensare...

– Senti, ora torno di là, ti richiamo appena abbiamo notizie sicure, va bene?

– Aspetta. Alessandro ti ha chiamato?

– Sí, mi ha chiamato, – disse. – Ho sentito anche Giulia.

Era stato Alessandro ad avvisarmi. Mi aveva mandato un messaggio mentre ero a Vicenza, in una stanza di albergo affacciata sulla Basilica Palladiana. Avevo subito chiamato Sonia. Stavano parcheggiando. Mi avrebbe richiamato appena riusciva e lo aveva fatto quando Rachele era entrata in radiologia con Marco. Lei era rimasta con Greta. Le aveva preso un tè caldo dalle macchinette nel corridoio.

Adoro Greta e Rachele. All'epoca io e Jawad non avevamo ancora avuto figli, perciò erano la cosa piú simile al futuro su cui mi fosse capitato di posare gli occhi, piú delle sceneggiature che scrivevo, piú degli spettacoli che vedevo diffondersi nei teatri ed entrare a far parte della vita della gente. Non c'era niente come l'affetto di quelle bambine che mi sapesse tranquillizzare. Non perdevo occasione per stare con loro. Io che vedevo (e vedo) storie ovunque. Io che non riesco a osservare il mondo se non in forma narrativa: relazioni e dialoghi, incontri e conseguenze, trasformazioni e reciproche influenze. Gente che torna a casa e gente che sceglie di sparire per sempre. Gente che serve ai tavoli in silenzio o che prende la mira attraverso dei fucili di precisione puntando alla nuca dei contadini al mercato. Gente che studia la moda degli adolescenti in Corea del Sud e gente costretta alla fisioterapia per riprendere a camminare. Gente ingoiata dagli ippopotami durante un'escursione in kayak sul fiume Zambesi o che entra ogni giorno in una fabbrica per produrre bacchette di legno usa e getta per i ristoranti.

In tutto questo c'erano Greta e Rachele.

Oltre tutto questo c'erano Greta e Rachele.

Il laghetto alla fine del sentiero. La radura in mezzo al bosco.

Avevo parlato con Sonia affacciata alla finestra della stanza d'albergo. La gente passeggiava e io ero atterrita. Sonia mi aveva rassicurato, ma la conoscevo abbastanza da annusarne la paura, forse per la prima volta nella vita. Tac. Tomografia assiale computerizzata. Possibile trauma cranico. Ti faccio sapere. Ti richiamo.

– Sono qui.

Mio padre rientrò in cucina.
– Cattive notizie?
– Stanno facendo una tac a mia nipote. Potrebbe aver battuto la testa.
– Oh!
– E non c'è nulla che io possa fare.
– Senta, se deve andare vada. Non importa per il pranzo.
– E come faccio? Non ho neppure la macchina. È dal meccanico. È domenica. Potrei noleggiarne una, ma prima che riesca a trovarla e li raggiunga... – I suoi occhi avevano il colore del muschio e non guardavano Elena, superavano il vetro della finestra e bucavano la collina e chissà dove si erano fermati. Poi disse: – Biella, – e sbuffò.
In quel momento Gaston entrò in cucina. Si era lavato le mani e aveva le maniche della felpa tirate su fino ai gomiti. – Per caso, – disse con un sorriso da gatto, – mi è capitato di sbirciare nell'altra stanza –. Indicò con il dito. – Allora, che aspettiamo?
Sua madre lo squadrò come non fosse certa di conoscerlo. – A volte, lo sai, riesci a farmi vergognare in un modo che solo tu sai farmi vergognare in quel modo lí.
– Che ho fatto?
– Ha ragione lui. Abbiamo tutti fame, – disse papà. – Persino io comincio ad averne. Andate di là. Io intanto metto su l'acqua per le tagliatelle.

Cosí fece. Elena e Gaston lo attesero in piedi e quando li raggiunse si sedettero e iniziarono a mangiare. Disse loro di servirsi senza fare complimenti. Il cibo riempí il silenzio e alleviò l'imbarazzo di quella compagnia improvvisata. La preoccupazione per Rachele obbligava mio padre a masticare lentamente e gli impediva di concentrarsi sulla conversazione, ma di tanto in tanto gettava un'occhiata a Elena: in fondo, doveva ammetterlo, era contento che lei e suo figlio fossero lí e che lo distraessero e lo obbligassero a pensare ad altro; oltretutto piú passava il tempo piú notava emergere in lei, in Elena, qualcosa di selvatico che gliela rendeva attraente, cosa che però faceva affiorare in lui uno spigoloso senso di colpa. Forse non era giusto. Non avrebbe dovuto. Era per quello che l'aveva fatto, che aveva trovato il coraggio di invitarli? Poi spostava lo sguardo su Gaston, che mentre mangiava mandava messaggi a chissà chi con il cellulare e ogni tanto rideva, senza perdere quella fierezza arcaica, insolita, che lo aveva colpito dal primo momento; e quella era la risposta.

Chiacchierarono di cose leggere. Elena, consapevole della preoccupazione che aleggiava sulla testa di mio padre come un nugolo di moscerini, cercò di distrarlo. Ad esempio raccontò che lei, a proposito di essere senza macchina, ecco, la macchina proprio non l'aveva, perché amava muoversi in bicicletta; per non parlare del risparmio. Ai tempi in cui era impiegata nella ditta di cosmetici passava a prenderla una collega oppure usava i mezzi. E soprattutto parlarono di luoghi, luoghi in cui erano stati e in cui avrebbero voluto andare o tornare: della carezza del sole seduti in piazza in un paesino della Camargue, del sapore del *gazpacho*, dell'entroterra venezuelano, o di una certa strada attraverso la Foresta Nera, tra fattorie scolpite nel verde tenebroso dei boschi, strade strette, muretti di pietra e località dai nomi esoterici come Hexenloch e Ravennaschlucht.

Finiti gli antipasti, quando anche Gaston sembrò aver bisogno di una pausa, mio padre le chiese se lo accompagnava di là, ché doveva occuparsi delle tagliatelle. Elena bevve un sorso di vino, si alzò e lo seguí.

– Ha davvero cucinato lei?

– Non ci crede?

– È tutto molto buono.

– È la prima volta. A questo punto non lo farò mai piú. È come quando si lava la macchina e piove.

– La notizia della cassa integrazione è arrivata che avevo appena deciso di fare un viaggio con Gaston.

– Dove?

– Non so. Una capitale europea. Forse Praga. Giusto un fine settimana.

– Si è già rivolta a un centro per l'impiego?

– Centri per l'impiego. Interinale. Ho bussato a ogni porta cui mi è stato possibile bussare. Colloqui su colloqui. Prove di lavoro non retribuite. C'è sempre qualcuno piú capace o che costa meno –. Si guardò le unghie. – Ora metto da parte i centesimi. Vorrei un lavoro modesto pagato onestamente, ecco cosa –. Poi ci pensò e aggiunse: – Non mi sono mai tirata indietro.

– La sua famiglia la sta aiutando?

– I miei genitori?

– I suoi genitori, sí, o dei fratelli.

– Mia madre mi aiuta.

– …

– …

– Ma…?

– Ma lei ha questo modo di starmi accanto che, non so, è piú *addosso* che accanto, non so se mi spiego. Mi fa sentire in colpa. O forse sono io, è un problema mio. Sono io che leggo un giudizio in ogni frase. Non riesco a distinguere ciò che fa dal modo in cui lo fa. Ma, come ho detto, forse è tutto dentro la mia testa.

Papà gettò le tagliatelle nell'acqua bollente.

– L'unico con cui cerco di non scazzare mai è Gaston.

– E suo padre?

– Il mio?

– Di Gaston.

– Oh, Gaston era orgoglioso di lui. Era un teatrante, un artista di strada. Diceva che insieme avrebbero fatto cose strabilianti. Invece, da un giorno all'altro, quel meraviglioso bastardo se n'è andato.

– Con un'altra donna?

– Cosa? – Elena sbottò in una risata malinconica. – No, macché... – disse. – È morto –. Trasse un respiro profondo. – Un aneurisma. Stava camminando per strada. Eravamo appena usciti dal supermercato. Lui portava i sacchetti cosí... – Lo imitò. – Uno per mano. Stavamo chiacchierando. Un secondo prima mi raccontava di una pianta carnivora, aveva letto non so dove di questa pianta che sfrutta la forza delle gocce di pioggia per farsi cadere le formiche in bocca, me lo stava raccontando e un momento dopo era sdraiato a terra, tra la salsa di pomodoro e le arance che rotolavano sotto le macchine. Si è sgonfiato. Ha alzato il braccio per portare la mano alla testa e si è afflosciato, tipo uno di quei palloni pubblicitari a forma di omino, ha presente? Quelli che si sbracciano –. Elena ne imitò il movimento. – È stato come se gli avessero tolto l'aria.

– Terribile.

– Sí.

– Quando è successo?

– Quattro anni fa.

– Quindi Gaston aveva…

– Nove.

Mio padre portò una mano alla tempia, lí dov'era spuntata la macchia color tortora. – Non oso pensare cosa sia parlare della morte di un genitore a un bambino di quell'età.

Elena appoggiò la schiena al frigorifero, gli occhi due cunicoli. – Una sera mi ha chiesto perché non aveva fatto niente per evitarlo.

– In che senso?

– Intendeva Olivier, suo padre. Mi ha chiesto perché non si era opposto a questa cosa, perché non aveva evitato di morire. In quel momento mi sono resa conto di quanto ci vedesse onnipotenti. Gli ho spiegato che non era stata una sua scelta, che non c'era nulla che Olivier potesse fare per evitare ciò che era successo. Pensava che suo papà avesse, in qualche modo, per qualche motivo, deciso di lasciarlo.

– Dio mio.

– All'inizio cercavo di affrontare l'argomento in continuazione, non perdevo occasione per fare paragoni, sa… le foglie, l'autunno, tutte quelle menate. A un certo punto ho persino ceduto all'idea del paradiso. Ma ho capito che questa cosa che suo padre fosse in un luogo misterioso cui lui non aveva accesso non funzionava. Peggiorava soltanto le cose. Finché un giorno è stato lui a dirmi basta, non parliamone piú –. Schioccò le dita. – Cosí, da un momento all'altro. Non parliamone piú, mamma, mi ha detto. Doveva aver trovato una sua risposta.

– O forse aveva deciso che non c'era.

– Già…

Papà indicò la foto scattata a Parigi. – Marcella non c'è piú da otto mesi.

– Malattia?

– Un incidente.

Papà assaggiò le tagliatelle e decise che non erano ancora pronte. Poi rimase in silenzio, la bocca socchiusa. Guardava il prisma rosa e giallo che oscillava pigro appeso al filo da pesca. In quel momento non proiettava nessun arcobaleno.

– Era in macchina, – disse. – Era andata fuori città a trovare una compagna di classe del liceo. In questo era incredibile, riusciva sempre a restare in contatto con chiunque, anche con gente incontrata in vacanza, nonostante il passare del tempo o i trasferimenti –. Si soffermò su quel pensiero come su uno strapiombo lungo una mulattiera, davanti alla traccia geologica lasciata dai ghiacciai. Affacciato sul vuoto. – Era su una strada provinciale. Mi hanno detto che era una bella giornata. Tre o quattro macchine prima di lei c'era un autoarticolato che trasportava due cisterne. Una delle due era stata fissata male al rimorchio. La prima, quella verso la motrice. Sembra che le cinghie di serraggio non fossero tese a sufficienza o forse si erano allentate, questo non si sa. E poi c'erano, mi hanno spiegato, c'erano come dei materassini antiscivolo, che però non sono serviti a niente, perché muovendosi la cisterna ha fatto sí che i bordi del telaio li lacerassero. Cosí, dopo una curva, la cisterna si è ribaltata su un fianco. Non è caduta. È rimasta agganciata al rimorchio. Ma in direzione opposta stava passando un furgone. L'uomo al volante non ha potuto fare niente. Stava guidando tranquillo, ascoltava la radio, e d'un tratto si è visto l'autoarticolato venirgli incontro con la cisterna che spuntava dal rimorchio e invadeva la carreggiata. Ha sterzato. Ma ci ha comunque sbattuto contro. Ha perso il controllo. Ha ruotato su se stesso. Ed è finito sulle auto che procedevano in senso opposto. Nell'incidente sono rimaste coinvolte tre macchine. La prima, quella su cui il furgone si è schiantato come un meteorite, è stata quella di Marcella.

Gaston entrò in cucina in quel momento. – Che state facendo?

A papà tornarono in mente le tagliatelle, si voltò di scatto e spense il fuoco sotto l'acqua. – Accidenti… – Ne tirò su una con la forchetta e la assaggiò. – Mi spiace. Le ho fatte scuocere –. Buttò nella pentola un bicchiere di acqua fredda per bloccare la cottura e le scolò.

Gaston gli si mise a fianco per osservare l'operazione. – A me sembrano perfette, – disse. – Dico davvero.

Svelare attraverso le parole ciò che mi sono persa confusa dal rumore del presente e impastoiata nelle emozioni: ecco cosa amo del mio lavoro. Non potrei piú farne a meno. A partire da quei primi goffi tentativi di recitazione cui mia madre assisteva sorridendo, nascosta nell'ombra della sala parrocchiale. Mentre le cose accadono è raro che ragione ed emozione trovino la forza di comunicare. Di solito viaggiano separate. Nella scrittura, su un palco, su uno schermo, l'arte ha il potere di riunirle. La vita ci travolge, ci sopraffà, soprattutto quando riguarda noi o le persone con cui siamo invischiati in relazioni intense. Quando invece è mediata da un racconto, sceneggiata, romanzata, vi prendiamo parte con il cuore e allo stesso tempo con la mente, emozionandoci e ragionando sull'emozione.

Mettiamo la morte di Tom Hanks in *Philadelphia*. Quella morte mi ha preparata ad affrontare l'idea che la vita finisce come poco altro; piú della morte vera di persone cui volevo bene. Cosí come Sophia Loren e Marcello Mastroianni in *Una giornata particolare* mi hanno educata alla solitudine. L'essenza dell'arte, dice Woody Allen in *Manhattan*, è fornire una sorta di approfondimento delle situazioni della gente.

Per questo.

Per questo ho descritto mio padre in pagine che non userò in questa storia e terrò solo per me. Mentre fa la valigia per il Venezuela e nello spazio del beauty case infila una confezione di gianduiotti avvolta in una carta dorata con un fiocco rosso, e subito dopo va ad aiutare mia madre a ritirare la roba asciutta dallo stendipanni sul balcone. Mentre la fa ridere. Mentre la fa piangere. Per questo ho descritto anche lei, mia madre, in pagine che terrò per me. A letto, una sera – anche questo è un esempio – con un libro sulle ginocchia e mio fratello accoccolato di fianco, mentre guarda un quadro che mio padre le ha portato dal Vietnam, una veduta notturna della giungla, occhi di animali che brillano tra le foglie e due bambini che emergono da un fiume, la pelle lucida come foche e l'acqua, che a mala pena la si distingue dalla terra. Per lo stesso motivo ho descritto me stessa in pagine che terrò da parte per i miei figli: perché sappiano chi sono stata. Se c'è una cosa che ho capito è che le storie non risolvono i problemi: ci permettono solo di vederli e di dare loro un nome.

Mangiarono le tagliatelle ed erano buone anche se un po' scotte. Papà spiegò a Gaston in quanti modi era possibile costruire un ponte e gli parlò di antichi romani e di centine, come faceva con noi, e tra tutti e tre si creò un'inattesa armonia. Erano lí, dopo pranzo, seduti a tavola a raccogliere le briciole di pane con la lama del coltello e a chiacchierare come se la loro fosse una frequentazione consolidata. Papà prese della grappa e lui ed Elena ne bevvero un dito a testa. Gaston andò a sedersi su una poltrona, sfogliò un libro di fotografie della Siberia, poi scivolò sul pavimento ed estrasse dalla tasca uno skateboard in miniatura e cominciò a giocarci muovendolo con le dita, simulando acrobazie, concentrato come con quello vero. Era nella stanza, ma anche altrove. Papà lo guardò e si chiese dove fosse. Versandosi altra grappa si accorse, con un moto della coscienza simile a una rivelazione, che Alessandro gli mancava terribilmente. Avrebbe fatto molte piú domande di Gaston, che invece tendeva a ruminare a lungo quanto gli veniva detto e a far proseguire il discorso senza interferire. Poi si corresse: non *avrebbe fatto*, faceva. Ale *faceva* molte piú domande quando aveva l'età di Gaston. Anche adesso, certo, ma ora si trattava di discussioni tra adulti.

– Mio figlio sta pedalando da qualche parte fuori Helsinki in questo momento.

Elena alzò lo sguardo.

– Lavora all'Agenzia europea per le sostanze chimiche. Gli piace andare in bici –. Poi fece una pausa. – Chi avrebbe detto che sarebbe finita cosí.

– Cosí come?

– Cosí, – disse mio padre. – Lui a Helsinki. Sonia che la vedo un paio di volte al mese. Giulia che non mi parla. Io senza Marcella –. Scosse il capo. – Non era cosí che avevo immaginato questa parte della vita.

Elena si limitò a passare un dito sul bordo del bicchiere, come per farne scaturire un suono che non arrivò.

– Ho viaggiato tanto. Ma ho sempre pensato che un giorno mi sarei fermato e sarei rimasto a casa a fare ciò che non avevo fatto prima. Immaginavo i pranzi domenicali. Figli e nipoti. Io e Marcella ci saremmo fatti compagnia con la pazienza con cui ci eravamo attesi e sopportati. Anzi, meglio. Con meno inquietudine.

(Quando anni dopo me lo ha raccontato gli ho chiesto se avesse davvero detto cosí, *attesi*, al plurale, o anche se non lo aveva detto se era ciò che pensava. Ricordo che mi ha guardato come se non capisse mentre sulla mia faccia si disegnava una smorfia tanto di rabbia quanto di stupore. Sono sbottata. Eravamo nella stanza dell'ospedale. Gli ho gridato che, accidenti, lui non aveva mai atteso un bel niente e men che meno mamma. Attesa? Ma quando? Ma perché? La consegna di un quintale di putrelle, forse. Non certo lei. Era mamma quella alla finestra. Era sempre stata lei. Forse non crocifissa alle tapparelle come la madre di Asher Lev – la sua personalità non le avrebbe permesso di consumarsi nell'ubbidienza: ha vissuto, mamma, certo che ha vissuto – ma comunque sempre senza abbandonare il posto di guardia, in diligente e responsabile vigilanza. Gli ho chiesto di ammetterlo. L'ho pregato. Avevo bisogno di sentirglielo dire. Ma lui ha distolto lo sguardo e si è voltato verso la finestra. Era una giornata estiva e un refolo di vento muoveva le tendine azzurre della camera; in cielo stormi di uccelli disegnavano figure simili a frattali ed è rimasto zitto, sprofondato in uno dei laghi della memoria in cui ultimamente si immergeva, tanto che a un certo punto ho pensato che non sarebbe piú emerso. Nel cortile interno c'era un albero dalla chioma imponente. Io dalla sedia e lui dal letto, la testa sul cuscino, ne scorgevamo una porzione. Mi ha chiesto che albero fosse. Ho risposto un frassino. Lui ha ripetuto il nome come per appuntarselo, facendolo girare sulla lingua. Mi sono alzata, ho aperto la finestra perché lo vedesse meglio e ho aggiunto che era bello e anche utile, perché i frassini sono in grado di assorbire una immensa quantità di anidride carbonica. Lui si è girato in direzione del corridoio e ha detto che anche mamma sapeva come pulire l'aria. La porta era aperta e vedeva la gente transitare, i parenti in visita e i pazienti che facevano avanti e indietro.)

– Nuova Caledonia, vero?
– La famiglia di Olivier?
– Sí.
– Erano di lí. Ma si erano trasferiti in Nuova Zelanda. Lui è nato a Auckland.
– Auckland. Pare sia una delle città con la piú alta qualità di vita al mondo.
– Lui aveva splendidi ricordi.
– E poi sono venuti in Italia?
– Solo Olivier. Aveva rotto con la famiglia prima ancora che ci conoscessimo. Non volevano che partisse. Hanno scazzato di brutto. Però Gaston è il nome di suo padre e qualcosa vorrà dire.

– Ha dato al figlio il nome del nonno?

– Già.

– Il nonno lo sa?

– No. Almeno, non credo.

– Quindi lei non li ha mai conosciuti.

– Ogni tanto ne parlavamo. Dicevamo che sarebbe stato bello, un giorno, portarlo a conoscere nonni e cugini. Fare un'improvvisata. Lui non li sentiva mai. Proprio mai. E chi lo sa. Forse sarà Gas, prima o poi, a sentire il bisogno di andarci.

– Oh già, la ricerca delle radici, – disse mio padre in modo solenne.

– Il richiamo delle origini, – lo imitò Elena.

– E lei che studi ha fatto?

– Liceo scientifico. E non so perché visto che mi sono sempre sentita piú a mio agio con le materie umanistiche. All'università non mi sono iscritta.

– Perché?

– Sul momento non sapevo cosa scegliere. Cosí ho pensato che potevo prendermi un periodo per decidere. Per viaggiare e vedere le cose con i miei occhi. Poi però il viaggio mi ha catturato, ho girato mezza Europa e a ventun anni ho incontrato Olivier a un festival di artisti di strada ad Avignone.

– Avignone. Bella.

– C'è stato?

– Un paio di volte.

– Ce la siamo cavata bene, io e Olivier. Senza scialacquare ma da essere orgogliosi, è questo che intendo. Avevamo i soldi per l'affitto e le bollette, facevamo la spesa, eravamo felici, ci accontentavamo di poco. Ci bastavamo. Poi è arrivato Gaston. Olivier aveva i suoi spettacoli e stava iniziando a seguire alcuni artisti giovani. Gente dal mondo del circo.

– Mi ha sempre fatto tristezza il circo...
– Niente animali. Mimo, acrobazie, giocoleria.
– Mangiatori di fuoco?
– Sí. Anche mangiatori di fuoco.
– Una volta ho visto uno spettacolo. Impressionante. Trecento sputafuoco insieme in piazza a San Fernando, in Venezuela. Sembravano usciti dall'inferno.
– Olivier aveva in testa di mettere su una compagnia.
– E poi avreste avuto Gaston che saltava con lo skate tra le fiamme...
Lo cercarono con lo sguardo; era con il mini skateboard nel suo mondo di acrobazie, usava medio e indice per farlo roteare: medio e indice erano le gambe, certi movimenti erano talmente rapidi da non capire se usava anche il pollice per bloccare la tavola – ma no, solo medio e indice.
– E adesso? – Papà cercava di far stare in equilibrio due forchette sul bordo di un bicchiere usando uno stuzzicadenti infilato tra i rebbi, una di quelle magie che quando eravamo piccoli gli chiedevamo di continuo e con cui lui ci stupiva, non imbastendoci sopra storie assurde, ma spiegandoci il principio scientifico che le rendeva possibili. – Intendo: potesse fare qualsiasi cosa desidera?
Elena si girò verso la finestra, guardò fuori e allungò un braccio per toccare le foglie della sansevieria. – Non so.
Papà disse che non ci credeva, non era possibile che una come lei – e anche se nel dirlo si sentí arrogante arrivò in fondo – ecco, che una come lei non avesse dei sogni. Parlando provò a divaricare le forchette in modo da migliorare l'equilibrio, ma nel farlo caddero e per prenderle diede una botta al bicchiere che per un pelo non finí a terra.
Elena rise.
– Mi prende in giro?
– No, – disse Elena. – Non è per lei.

– Allora?
– È che pensavo... mi è venuto in mente che da bambina volevo fare l'infermiera.
– L'infermiera?
– Sí.
– È un bel lavoro.
– Sí.
– Perché non ci prova?
– E come?
– Non so. Si iscriva a un corso. Prenda l'abilitazione. Ho letto che c'è molta richiesta, anche all'estero. Può informarsi.
– È troppo tardi.
– Scusi, ma... quanti anni ha?
– Quanti me ne dà?
– Cosí è sleale.
– Ha cominciato lei.
Mio padre socchiuse gli occhi. – Trentacinque?
– Trentacinque, esatto.
– Quindi?
– A trentacinque anni? Ma come faccio?
– Be'... sarà una laurea triennale o qualcosa di simile.
– Una laurea triennale... – Alzò gli occhi al soffitto. – Dovrei frequentarla lavorando. Posso mandarle quel tipetto sdraiato per terra a pranzo e cena per i prossimi tre anni?

L'estate in cui scoprimmo che mio padre aveva un'amante in Venezuela facemmo una vacanza tutti e cinque insieme, l'ultima vera vacanza insieme che ricordi. Alessandro aveva sedici anni. Io venti. Sonia ventidue. Dopo quella volta non c'è piú stato un viaggio in cui ci fossimo tutti: o mancava Sonia, o mancavo io, finché toccò ad Alessandro venire risucchiato da zaini e treni e amici e fidanzate. Abbiamo sempre viaggiato tanto. Nostro padre, Sonia, Ale. Per non parlare di me – la mia vita è praticamente dentro una valigia. Ma tanto sapevamo che a casa c'era mamma: lei si spostava con noi, attraverso noi, e noi gravitavamo attorno all'appartamento di Lungo Po Antonelli come satelliti di un pianeta.

Pianeta M.

Mamma. Moglie.

Marcella.

In quel momento della vita in cui eravamo impegnati a definire noi stessi – noi figli, intendo, ma forse anche mio padre; non c'ho mai pensato in questi termini: che anche lui fosse ancora alla ricerca di sé? – ecco, in ogni caso, in quel periodo mamma si fece carico della missione di tenere ognuno al corrente di ciò che capitava nella vita degli altri. Grazie a lei ci sentivamo coesi, partecipi, avevamo l'impressione che ogni dolore e ogni gioia fossero condivisi. Capitava che non ci dicessimo qualcosa dando per scontato che lei avesse già diffuso la notizia.

Quell'estate papà propose di affittare un camper e di andare a zonzo per l'Europa. Disse che c'erano posti che voleva mostrarci prima che noi ragazzi, anime perdute, decidessimo di sprecare il nostro tempo in qualche insulsa località turistica piena di fumi e raggi laser. Anche mamma, ricordo, era eccitata dall'idea: non avevamo mai viaggiato in camper. Ne affittammo uno mansardato: sei posti letto, cucina con forno a gas e bagno con doccia separata.

Prima tappa, il viadotto di Millau.

Che la prima tappa fosse un ponte, va da sé, non stupí nessuno. Non provammo neppure a protestare. Arrivammo nella valle del Tarn, nella Francia meridionale, al crepuscolo, il sole basso, stretto tra nuvole e colline, che illuminava la sommità dei pilastri del viadotto, a quasi trecentocinquanta metri da terra. Ci fermammo in una piazzola. Papà tirò fuori delle birre e ci sedemmo su delle rocce a guardare gli stralli al tramonto. Questo bisogna riconoscerlo: quando trovava bello qualcosa sapeva trasmettere la stessa sensazione agli altri. Senza le sue spiegazioni difficilmente il nostro sguardo sarebbe andato oltre la constatazione di essere di fronte a un viadotto di cemento. Quello di Millau era il ponte per veicoli piú alto del mondo, ma non solo: allungando il braccio papà ci mostrò quanto fosse incredibile che nonostante il gigantismo della struttura e gli oltre due chilometri di lunghezza il ponte apparisse aggraziato, ci fece notare come si gettava nel vuoto senza timore, riempiendo il paesaggio con la sua armonia e la sua audacia. Disse che il bello, in architettura, consisteva spesso nel trovare soluzioni semplici a problemi complessi, che facessero sentire l'uomo forte ma non prevaricatore. Sonia annuí. Io ebbi l'impressione che gli stralli rendessero ogni pilone simile a una ballerina in tutú. Alessandro disse qualcosa sul *base jumping*, che era strano che nessuno si fosse mai lanciato da lí.

Poi ricordo che a un certo punto papà fece sedere mamma in grembo, lei gli prese la birra dalla mano e la luce radente illuminò la bottiglia. Pensai che i miei genitori erano bellissimi. Lei gli accarezzava i capelli. Lui aveva una mano sul suo ginocchio. E quando il sole scomparve dietro le colline nessuno di noi aveva voglia di alzarsi.

Il giorno dopo Sonia attaccò una polemica sul discorso delle grandi opere, che appunto sono *grandi* mentre la vita di tutti i giorni è una cosa minima e per quella ci vorrebbero tante opere piccole e utili. Io ribattei che un ponte come quello veicola, oltre alle macchine, tanti significati quotidiani: la capacità di unire, di passare, di mischiare; un buon ponte fa venire voglia di perdonare e andare oltre. Papà mi diede ragione. Sonia ci rimase male e si rabbuiò finché, dopo alcune ore di viaggio, ci fermammo a mangiare qualcosa in un piccolo caffè, in una cittadina a un'ora di distanza da Parigi.

A Parigi trascorremmo tre giorni stupendi. Il sole illuminava la città senza ritegno. Visitammo l'Istituto del mondo arabo. Anche quello era un ponte: papà ci spiegò che la facciata settentrionale, rivolta verso il centro di Parigi, dialogava con la città antica, mentre quella meridionale con la cultura araba grazie ai *moucharabieh* mossi dalla luce: le griglie che proteggono finestre e porte e permettono alle donne di vedere senza essere viste.

Mentre eravamo davanti all'Istituto, con Alessandro piú interessato alle turiste e alle parigine che ai *moucharabieh*, mamma estrasse dalla borsa la macchina fotografica, fermò una ragazza con un vistoso scialle attorno al collo che non mancò di colpire l'attenzione di Ale e le chiese di farci una foto. Quella che Elena, anni dopo, vedrà nella nostra cucina.

Non so se il ricordo dell'armonia di quei giorni corrisponda al vero o se invece sia una costruzione della memoria, un rifugio, ma a quella vacanza torno spesso: immersa nella vasca da bagno di un albergo, guardando fuori dal finestrino di un treno o mentre mangio un'amatriciana in una trattoria all'Esquilino, durante le prove di uno spettacolo. So di averne parlato con Jawad, a letto. So di averci pensato mentre aspettavo i gemelli. In quei giorni riuscii persino a dimenticare l'amante venezuelana. La cancellai con la forza di volontà: se non ti vedo, non esisti.

A Berlino, nel Museo ebraico, mi fermai a lungo di fronte alle pareti costellate di cavità, di oggetti, di foto della deportazione, finché oltre un muro nero ci trovammo davanti a una porta nera che una ragazza aprí in silenzio. Fece cenno di entrare. Era la torre dell'Olocausto. La porta si chiuse alle nostre spalle con un tonfo sordo. Mi mancò l'aria. Una feritoia spargeva la luce sulle nostre teste come fosse cenere e quell'architettura sensibile mi sconvolse al punto che scoppiai a piangere. Dissi a mio padre che era come il teatro: perché mi portava in un posto del genere e poi si dimostrava ostile al teatro?

Disse che non si era mai dimostrato *ostile*.

Dissi che era un bugiardo: era venuto a vedermi solo una volta.

Rispose perché era via per lavoro, altrimenti lo avrebbe fatto.

Dissi che non mi aveva mai incoraggiato.

Mi chiese scusa: il fatto è che a lui non interessava, il teatro; è difficile incoraggiare qualcuno a fare qualcosa per cui non si nutre interesse.

Dissi che mi ero sempre sentita giudicata male per quella passione.

Disse che mi sbagliavo.

Dissi che avrei voluto vederlo mentre mi applaudiva.

Disse che lo avrebbe fatto alla prima occasione, era una promessa – e mi abbracciò.

E ora guardateci. Siamo noi. La nostra famiglia. Non ci sono segreti, tra noi.

Ci lasciamo alle spalle Berlino e l'autostrada ci porta a sud, verso la Svizzera. Mangiamo salsiccia e formaggio nel Baden-Württemberg. Arriviamo a Berna di sera e ci accampiamo sulle sponde dell'Aare. Nonostante la stanchezza raggiungiamo il centro a piedi e cerchiamo un posto in cui cenare. Quando ci svegliamo, il giorno dopo, il cielo è una lastra di metallo, ma noi non ci facciamo caso e ci dirigiamo verso l'Entlebuch attraversando boschi e campi. Lungo la strada notiamo una folla di persone dirigersi verso un piccolo borgo. Il campanile della parrocchia sbuca tra gli alberi, in cima a una collina. Decidiamo di fermarci per vedere che succede. Due adolescenti vendono latte sul ciglio della sterrata.

Guardateci gioire. Alessandro ha un braccio attorno alla vita di mamma, mentre Sonia e io ridiamo e scherziamo. C'è un'orchestra che suona. La musica arriva dalla chiesa. Papà riconosce il pezzo: l'*Ouverture numero due in Si minore* di Bach. Siamo ai piedi delle Alpi e l'aria sa di fieno e neve, nonostante sia estate.

Prima di lasciare la Svizzera ci fermiamo alle terme di Vals.

Guardateci ancora. Seguiteci, come noi seguiamo l'acqua attraverso la roccia e passaggi invisibili, lastre di granito immense e continue, che quando cominci a pensare che non emergerai mai, che mai piú uscirai dal ventre della montagna, ecco d'un tratto il buio arrendersi alla luce. E poi la valle, davanti. E le colline.

Guardateci.

Guardateci mentre usciamo nel giorno.

Dalla cucina arrivò lo squillo del telefono, papà si alzò di scatto, quasi rovesciando la sedia. Ma non era Sonia. Era Ale.

– Ehi! – disse mio fratello. – Hai notizie di Rachele?

– Hai saputo della testa? Che ha...

– Sí. Sonia mi ha scritto un messaggio. Ora l'ho richiamata e non risponde. Non risponde neppure Marco. Dovrebbero aver già fatto la tac, non credi?

– E cosa ne so?

Restarono in silenzio. Mio padre non capiva se quello che sentiva era il respiro di Ale o il vento di un bosco finlandese, ma avvertiva il freddo, non sapeva come e perché ma lo percepiva distintamente: la neve tra le radici degli abeti e delle betulle e che erano abeti e betulle anche questo sapeva, in quel momento lo sapeva, senza che glielo dicessi io.

– Ci sei? – chiese mio fratello.

– Siete ancora in giro in bici?

– Sí.

– Ale...

– Ti sento. Tu non mi senti?

– Sí sí, ti sento. Quando hai detto che torni?

– Dici per Natale?

Non era quello che intendeva. Intendeva: quand'è che torni da me, a Torino, per sempre, quand'è che torni a casa. Disse: – Sí, per Natale. Dove atterri?

– A Malpensa.
– Ti vengo a prendere?
– Ma no. Non è necessario. Uso la navetta e il treno da Centrale.
– Facciamo che ti vengo a prendere.
– Come vuoi, papà.
– Vengo. Ti vengo a prendere a Malpensa. Che giorno arrivi?
– Il ventidue.
– E ti fermi?
– Fino al cinque.
– Al cinque... bene. Dormi nella camera delle ragazze.
Ale sapeva che nostro padre si era fatto uno studio nella sua stanza; quando tornava dormiva in quella che era stata camera mia e di Sonia. Anche Rachele e Greta avevano dormito nei nostri letti durante i lavori della casa di Biella. In uno solo, per essere precisi, tanto erano piccole. Nell'altro aveva dormito mamma. Aveva dato a Marco e Sonia la sua camera da letto. Papà non c'era. Era durata un paio di settimane quella convivenza, a causa di ritardi nei lavori. Mamma mi mandava di continuo foto di Greta e Rachele in camera mia, davanti al mio armadio; diceva che era strano vedere quelle due bambine nella camera che era stata nostra – diceva che la impressionava.
– Fammi sapere se hai notizie.
– Il primo che sa qualcosa avverte l'altro.
Mio padre si rese conto di non aver detto niente di Elena e Gaston. Stava per farlo, dirgli che non era rimasto solo, alla fine, quella domenica. Ma non ne fece parola. Lo salutò e tornò in soggiorno.

Elena si era spostata sul divano, aveva gli occhi chiusi e respirava quieta. Mio padre mosse le dita per richiamare l'attenzione di Gaston e fece una faccia come a dire: ma dorme? Gaston alzò le spalle e mostrò i palmi delle mani.

Papà decise di sparecchiare. Fece meno rumore possibile. Elena si era proprio addormentata. In cucina accese piano la radio e la sintonizzò su un canale di musica classica. Riempí la lavastoviglie e mise gli avanzi in contenitori singoli che distribuí tra frigo e congelatore. Mentre finiva di sistemare, Gaston entrò in cucina e si sedette; faceva correre lo skateboard in miniatura sul tavolo attorno al cesto della frutta.

– Lo usi per studiare i movimenti di quello vero?

– Il fingerboard?

– Si chiama cosí, fingerboard?

– Questa è una cosa a sé.

– Che significa?

– Che è proprio un tipo di specialità.

– Una specialità?

– Ci sono gare di fingerboard come gare di skateboard.

– Stai scherzando?

– No.

– ...

– Sono andato a vedere le nazionali.

– Dove?

– Al Lingotto.

– E mi stai dicendo che c'è gente che si sfida a muovere un mini skateboard con le dita?

– Sí.

– Spiegati meglio.

– Be', è come nello skate. Esistono rampe e *rail* per fingerboard. Ci sono interi parchi in miniatura per fingerboard.

– Mi piacciono i modellini.

– A casa ho qualche pezzo.

– Te li sei fatti da solo?
– No, macché. Magari. Me li hanno regalati.
– Potresti anche farteli.
– Come?
Papà mise via lo scolapasta. – Stiamo parlando di rampe e ostacoli, tipo quelli dello skatepark, giusto?
– Sí.
– Non sembra complicato.
– E come si fa?
– Dipende. Puoi usare il legno, suppongo. O il cartoncino. O il plexiglas.
Gaston lo guardava serio, come se papà gli stesse svelando un segreto. Immaginare il suo sguardo è semplice, perché è stato il nostro, il mio, quello di Alessandro soprattutto, per buona parte dell'infanzia. Anche immaginare quello di mio padre non è difficile: un'eccitazione sottile legata al capire e al costruire.
– Vieni con me.

Nella camera di Alessandro mio padre aveva trasferito tutto ciò che considerava passione: c'erano libri, soprattutto, di ingegneria e architettura; una riproduzione in scala del Kon-Tiki, la zattera che Thor Heyerdahl usò per attraversare il Pacifico dal Sud America alle isole della Polinesia; c'erano alcuni diorami, ricostruzioni di vecchi ponti di pietra che superavano stagni e corsi d'acqua; c'era un tavolo ingombro di cordini e ramoscelli che papà aveva intenzione di usare per costruire dei Casoni di Caorle, le palafitte di un comune che si affaccia sull'Adriatico, della cui esistenza era venuto a conoscenza grazie a un documentario visto a tarda notte; c'erano risme di carta e cartoncino di diverso spessore, barattoli e tubetti di colla, taglierini e forbici, scotch di ogni genere e colore, bombolette di vernice spray, rocchetti di filo di cotone, fil di ferro, contenitori colmi di mollette, graffette metalliche e clip.

– L'hai fatta tu? – chiese Gaston osservando il Kon-Tiki.

– Sí.

– ...

– Colla e materiale di risulta e fai qualsiasi cosa. Dunque, vediamo... – Mosse le dita come per manovrare un fingerboard. – Una rampa?

Gaston annuí eccitato.

– Che genere di rampa? Tipo quelle davanti al motovelodromo?

– Anche solo un *quarter pipe*.
– Un che?
– Una rampa sola. Aspetta... – Gaston prese un foglio e la disegnò.
– Una rampa sola –. Papà si guardò attorno. Gli cadde l'occhio su una scatola di cereali che aveva riempito di erba finta. – Ecco, – disse. – Proviamo con questa –. La svuotò. Tagliò le alette che servivano per richiuderla e uno dei lati grossi della scatola, seguendo le pieghe, fino a tre centimetri dal fondo. Quando il lato molle si adagiò su quello sottostante Gaston si accorse che i tre centimetri conservati erano diventati quella piccola area in cima alla rampa che gli skater chiamano *deck* e da cui sono soliti partire.
– Wow! Pazzesco.
– Quanto la vuoi ripida? Cosí?
– Un po' di piú.
Papà spinse il cartoncino verso il deck e la pendenza aumentò. – Aiutami, – disse. – Tienilo fermo –. Prese lo scotch e fissò l'estremità in modo che il fingerboard potesse salirci. Lavorarono per irrobustirla ed evitare che cedesse sotto la pressione delle dita. Sperimentarono con del cartone piú spesso e usarono delle scatole di fiammiferi per creare un supporto su cui scivolare come fanno di solito gli skater sul bordo delle panchine o dei muretti o i mancorrenti delle scale, e niente: papà era sempre stato un mago in queste cose. Entrambi persero il senso del tempo. D'un tratto c'era solo la domenica, quel pomeriggio, il vento per le strade, lo sgocciolio di un pianoforte e poi colla e scotch e bottiglie di plastica e lime per unghie usa e getta. Mio padre costruiva. Gaston decorava con la vernice spray, onde verdi e rosse, spirali gialle. Pochissime parole: quelle necessarie. La vista. Le mani – precise.

Fogli di carta da pacchi per non sporcare. L'odore delle cipolle ripiene sostituito dalla trielina.

– Com'è che ti sei appassionato allo skateboard?

Gaston si strinse nelle spalle. – L'ho visto fare.

– E cos'altro ti piace?

– Un sacco di cose.

– Altri sport?

– Gioco a basket.

– Bello sport il basket, hai ragione. Passami il taglierino... sí, quello...

– Li vendi anche?

– Cosa?

– Questi modellini.

– No –. Papà sghignazzò. – E a chi dovrei venderli?

– Sono belli.

– Ti ringrazio. Ma non cosí belli come pensi.

– Secondo me lo sono.

– ...

– Qualcuno che te li compra lo trovi sicuro.

– Dici?

– Facci le foto e mettile su eBay.

– È cosí che dicevi? – Papà mostrò a Gaston una seconda rampa.

– Perfetta.

– Non mi sembra.

– È perfetta, te lo dico...

– Devi imparare a non accontentarti, sai?

– ...

– Ecco. Cosí? È ancora meglio, no?

– Folle. Sei bravissimo.

Papà sorrise.

– Devi insegnarmi bene.

– Stai già imparando.
– Macché.
– No, quella è buona –. Indicò la *funbox* cui stava lavorando Gaston. – Fai anche i murales? Vai in giro con bombolette spray e cose del genere?
– L'ho fatto qualche volta.
– Sporca il muro del mio palazzo e ti spezzo le mani.
– Ma...
– Ti avviso. Non provarci... e poi quelle sigle incomprensibili.
– Che sigle?
– E che ne so. Ce n'è dappertutto. *Skag. Venum4.* Roba cosí.
– Quelle sono *tag.*
– Cioè?
– Sono come delle firme. È per *dire chi sei.*
– Cosa significa per dire chi sei?
– Per far vedere che sei stato lí. E poi dipende da come la fai.
– E perché devi dire che sei stato lí?
– Per dire che quel posto è tuo.
– Insomma, delle pisciate.
Gaston rise.
– Sí. Come i cani che fanno la pipí sui muri per marcare il territorio. Gli altri animali sentono l'odore dell'urina. Credo sia una questione di feromoni dominanti o una cosa simile. E quindi si tengono alla larga. E chi sono questi che vanno a pisciare sui muri?
– Writers. Breakers.
– Breakers?
– Chi fa break dance. Per strada. Sei mai andato al Regio?
– Al teatro?

– No, non dentro. Davanti. Su via Verdi. Lí fanno break dance.

– Non c'ho mai fatto caso.

– Io ci andavo con mio papà.

– ...

– Lui sapeva farla.

– Tuo papà? Sapeva ballare?

– Solo un po' di break. Ma era bravo. A lui piacevano i *sound system*, quelli enormi, con generatori e piatti, hai presente? Gli impianti musicali grandissimi. Diceva che erano una rivoluzione. Una rivoluzione gioiosa, diceva. E che voleva usarli in uno spettacolo come in Giamaica e diffondere la musica per le strade e fare festa. A lui piaceva molto fare festa –. Gaston aveva parlato lento, scandendo le parole come per paura di romperle. Si concentrò sulla goccia di colla che stava posando sulla punta di uno stuzzicadenti. Quando la goccia stava per scivolare lo girò con un movimento elettrico del polso e lei si impastò al legno – e rimase lí, senza piú voler fuggire.

C'erano pomeriggi, ricordo, in cui mi sedevo per terra, in sala, a fingere di leggere o disegnare, solo per potergli stare vicino mentre leggeva il giornale in poltrona, le gambe accavallate e un'espressione assorta. A volte ho questa immagine di lui in controluce e del fumo attorno alla testa, tipo fumo di sigaretta; ma non può essere perché non ha mai fumato, mio padre, nemmeno da ragazzo. Diceva di non aver cominciato per il semplice fatto che gli faceva schifo il sapore di catrame in bocca, sulla lingua, non per altro; e che non fosse stato per quello, intorno ai sedici anni, ci sarebbe cascato, anche solo per darsi un tono come gran parte dei suoi amici. Poi amava ripetere che era meglio cosí: loro non fumavano – e intendeva lui e mamma – per cui non avremmo fumato neppure noi.

Ma si sbagliava.

Non su di noi. Né io, né Ale, né Sonia abbiamo mai fumato seriamente: su questo c'aveva preso. Su mamma, intendo. Lei ogni tanto fumava. Di nascosto quando lui era via. Fumava di notte, sul balcone, seduta per terra tra le piante, tirando lentamente e ancora piú lentamente soffiando il fumo alla luna, in una specie di ululato silenzioso. Avrei dovuto, almeno una volta, uscire e sedermi accanto a lei. Ora che ci penso avrei dovuto farlo: uscire sul balcone, sedermi e chiederle una sigaretta. Chissà. Forse ci saremmo scambiate un'occhiata non diversa dal solito, ma mi piace pensare che nonostante questo, in quel momento, lei avrebbe capito che sapevo; che la sentivo, la sua solitudine, nonostante la indossasse con tale naturalezza da intonarla a qualsiasi jeans o maglioncino pescasse dall'armadio. Saremmo rimaste una accanto all'altra a guardare le luci nelle case degli altri. Ci saremmo fatte qualche confidenza. Avremmo riso per delle sciocchezze, per un'ombra dietro l'ippocastano in cortile o per il richiamo di una signora anziana ai suoi gatti, e alla fine una delle due avrebbe detto, vabbe', dài, si è fatto tardi, buonanotte – e saremmo andate a dormire con la sensazione di appartenerci, se possibile, ancora di piú.

– E non la perda, quella foto, – dissi. – È meravigliosa.

Lui scosse il capo. – È sempre con me.

– Immagino. L'ho detto pensando a me stessa. Piú passa il tempo piú divento sbadata.

– Lei è giovanissima.

– È questo il problema. Pensi come sarò tra quarant'anni.

– Invecchiando si perdono molte cose –. Allungò il collo da tartaruga. – Soprattutto cose che non sapevamo di avere.

Le settimane prima che Rachele cadesse dall'albero incontrai ancora molte volte l'anziano della foto. Sempre al bar. Sempre a colazione. Io con il mio cappuccio e il mio cornetto e lui con la sua focaccia da spezzettare nel latte macchiato. Lentamente scardinai la sua timidezza. Scoprii che si chiamava Ernesto. Io arrivavo ogni volta dalla corsa e dal mercato, accaldata e affamata, ogni volta mi sedevo al suo tavolo anche quando c'era posto altrove e ogni volta lui mi raccontava qualcosa in piú della sua vita e della storia d'amore con Irma, la cassiera del teatro.

Dopo un lungo corteggiamento fatto, tra le altre cose, di certe scatoline di legno che costruiva a casa la sera, dopo cena, e in cui nascondeva a volte un fiore, a volte una poesia copiata in biblioteca, altre volte delle praline di cioccolato fondente che acquistava in una pasticceria di Frascati, si erano prima fidanzati e poi sposati. Una cerimonia semplice, senza spendere soldi in inutili fanfaronate, celebrata a Ventotene, ché la famiglia di lei era originaria dell'isola e lí vivevano ancora i nonni, troppo anziani per muoversi.

Un giorno, tirando su la focaccia impregnata di latte e caffè, masticandola con dedizione, mi disse con quanto calore e allo stesso tempo con quanta grazia si erano amati; di come lei, Irma, abbassava il tono della voce per far sí che ciò che dicevano restasse circonfuso attorno a loro, e quel modo delicato che aveva di mettergli a posto il colletto della camicia; di come aveva gestito casa e soldi per quarant'anni dandogli l'impressione di essere lui a farlo, un capolavoro di diplomazia. – Me ne sono accorto solo quando me l'hanno fatto notare i nostri figli –. La signorilità con cui si era ammalata e si era spenta.

– I figli li vede? Vivono qui a Roma?

– La femmina sí, Manuela. Ma da tutt'altra parte. Ruggero sta a Milano.

– Vi vedete?

– Sa com'è. Manuela di piú. Ma non è colpa loro, sono molto impegnati, il lavoro e tutto. Stanno facendo carriera –. Lo disse con orgoglio.

– Di cosa si occupano?

– Ruggero lavora per una multinazionale. Vende e compra. Va spesso in Cina. Manuela è avvocato. Sono spesso in viaggio. Oggi viaggiano tutti molto, non trova?

– Mio padre ha sempre viaggiato per lavoro.

– Suo padre è piú giovane di me, credo.

– Non so. Lei quanti anni ha?

– Vuole indovinare?

Feci finta di concentrarmi. – Piú di cinquanta?

Ernesto si mise a ridere. – Ottantaquattro.

– Li porta magnificamente.

– È gentile. Dove andava suo padre?

– Ovunque. Costruiva ponti. Ma ha ragione. Anch'io viaggio molto. E mio fratello vive a Helsinki da alcuni mesi.

– Il fatto è che ai miei tempi spostarsi era laborioso. E scomodo. I sedili di legno, il caldo, il freddo. Ora sembra di starsene in salotto. Sono andato da mio figlio in treno e... – Fece un gesto come a dire che era stata una passeggiata.

– Mia nonna raccontava di essere stata una volta a Venezia e due a Firenze. Tipo, mai visto Roma. Aveva sempre vissuto a Torino e girato per il Piemonte. Due o tre posti in cui lei e mio nonno sono andati per quarant'anni. E non è che fossero persone pigre, anzi –. Gli ho chiesto se almeno a Ventotene lui e Irma ci andavano.

– Certamente. Ogni estate. Con i bambini piccoli. Lei c'è stata?

– No.

– Dovrebbe.

– Promesso.

– Ora pure io è tanto che non vado. Magari è cambiata. Le cose cambiano.

– Sarà piú turistica, forse.

– Mi piacerebbe tornarci.

– Magari ci incontriamo lí, – dissi.

– Perché no?

– Una volta che lei ci va me lo dice e la raggiungo, va bene?

Ha sollevato il mento, mi ha sorriso con gli occhi acquosi. – Oppure ci va lei e poi mi racconta.

– Mi dica qualcosa. Dove dovrei andare?

– Be', è talmente piccola. Vada nella piazzetta e di lí arriva in un attimo a Cala Nave. Io e mia moglie abbiamo passato dei bei momenti su quella spiaggia. A volte, sa, nascondevo dei biglietti tra le rocce, dentro quelle scatolette di legno che mi piaceva costruire. Li lasciavo lí da un anno all'altro. E lei anche, dei biglietti per me. Quando tornavamo andavamo a cercarli. Io continuavo a copiare poesie in biblioteca, era tutto ciò che sapevo fare. Lei invece scriveva cose di suo pugno. Certi pensieri luminosi. A casa ne conservo. Li ho appesi vicino al letto.

– Tra le rocce?

– Sí.

– Magari ce ne sono ancora, qualche scatoletta che non avete piú trovato.

– È successo, sí. È successo che non le trovassimo piú.

– Magari le ha trovate qualcun altro, che so, un turista di passaggio.

– Dice?

– Chissà cos'ha pensato.

– Oh, – si schermí. – Cosa potrà aver pensato?

Mi portai una mano alla faccia. – E se sono ancora lí?

Lui pescò un pezzo di focaccia dal bicchiere. – Se sono ancora lí vorrà dire che ci saremo anche io e Irma. Per sempre.

E poi pochi giorni prima della domenica in cui Rachele cadde dall'albero ero in partenza per Vicenza e mentre andavo alla stazione passai dal bar per fare colazione con quei cornetti pazzeschi che hanno loro e al nostro tavolo, quello mio e di Ernesto, c'era una coppia giovane, lei bionda con un tatuaggio sul collo, lui dread e cappellino arancione, un bambino nel marsupio. Era un po' che non lo vedevo, Ernesto, una decina di giorni almeno; ero già passata due volte senza incontrarlo. Presi cappuccino e cornetto e mi appoggiai al frigo dei gelati a scorrere i quotidiani. Di tanto in tanto buttavo un occhio alla coppia – che mi incuriosiva – e a furia di spiarli mi cadde lo sguardo su qualcosa: appoggiata alla pianta grassa che decorava il tavolino c'era una foto. La riconobbi subito. Mollai il giornale. Mi avvicinai e infilai il braccio tra i due senza dire una parola o chiedere permesso.

Era la foto di Irma.

Il papà con i dread e la mamma con il tatuaggio mi scrutarono senza capire.

– Quando siete arrivati avete visto un uomo seduto qui?

– No, – fece lei.

– Nessuno, – disse lui. Il bambino starnutí.

Mi rivolsi al barista. – Ha visto il signore che di solito siede qui?

– Chi?

– Quello che prende il latte macchiato e la focaccia.

Lui ci pensò e poi disse: – Ho capito chi dice. No, oggi non l'ho visto.

– Ma questa è sua –. Sventolai la foto tenendola tra due dita.

– Marta.

Una ragazzina con il piercing al naso si sporse da dietro la vetrinetta dei tramezzini, strizzò gli occhi per mettermi a fuoco.

– Il signore che di solito siede qui, – ripetei. – Quello che prende latte macchiato e focaccia. Ci avete sicuramente visti.

La ragazza mi guardò senza espressione, in attesa della domanda.

– Questa foto, – dissi. – È sua.

Si illuminò come avessero attaccato la spina. – Certo! È lei quindi. Sí. La foto è per lei.

– Eh…?

– Quella, – disse indicandola.

– Non capisco.

– Facevate colazione insieme, no? Ha lasciato la foto e ha detto di dargliela quando passava, ché era sicuro che sarebbe passata. Ma io non ricordavo bene il suo volto e temevo di non riconoscerla e cosí ho messo la foto sul tavolo perché sapevo che l'avrebbe vista. Il tavolo vostro era quello. Quindi l'ha trovata… – ed era tutta felice.

– Aspetti, aspetti. Questo quando è successo?

– Quand'è? Sarà tre o quattro giorni fa.

– Io tre giorni fa sono venuta.

– Signora, non è che stiamo qui a fare le polaroid a chi entra e chi esce. Non so che dirle.

Il piercing al naso brillava in modo singolare e mi aveva chiamata «signora»: non c'era altro da aggiungere. Chiedere se sapevano dove rintracciarlo era inutile. Rimasi imbambolata con la foto in mano finché non decisi di prendere la borsa e raggiungere la stazione. In treno non feci altro che studiarla. Il bianco e nero. Il volto di Irma. Il modo in cui era appoggiata al muro della casa e si teneva il cappello in testa con la mano per evitare che il vento lo portasse via. Il sorriso malizioso. L'angolo scrostato della persiana. Il vaso coi fiori. Il vicolo in fondo a cui s'intravedeva il mare. La luce perpendicolare del primo pomeriggio. Avevo visto che sul retro c'era scritto: «Tutta la notte ho dormito con te, vicino al mare, nell'isola».

Arrivata a Vicenza, in albergo, quello davanti alla Basilica Palladiana, feci una doccia, mi sdraiai sul letto a lavorare al workshop, ma non riuscendo a concentrarmi chiamai Jawad al telefono. Gli raccontai di Ernesto e della foto. Lui mi chiese di descrivergliela. Gli dissi cosa c'era scritto dietro.

– Credo l'abbiano scattata a Ventotene.

– Di lui non sai altro?

– Il nome. Neppure il cognome so. Ernesto e basta. Che ha due figli, una a Roma e uno a Milano. Che si è sposato sull'isola. La figlia mi pare si chiami Manuela e lui… no, il figlio non lo ricordo. Lei è avvocato.

– Magari torna.

– Perché mi avrebbe lasciato la foto?

– Un regalo?

– E sai cosa penso? Che la frase dietro sia scritta da poco. Credo l'abbia scritta per me…

– Maddài!

– Te lo giuro. Ecco. Ora pensi che mi stia inventando tutto.

– Tu vai al bar. Dàgli tempo.

– Ma se sto a Vicenza.

– Quando torni da Vicenza...

Fatto sta che, in quel momento, desiderai con una intensità dolorosa che a rientrare fosse lui, Jawad, che rientrasse da Londra, che fosse lí con me. Lo avrei voluto accanto. Desideravo parlargli abbassando il tono della voce come faceva Irma con Ernesto; desideravo aggiustargli il colletto della camicia. E dimostrargli che potevamo vivere insieme.

Elena aprí gli occhi e per un attimo si chiese dove accidenti era; quando lo capí si coprí le palpebre con la punta delle dita e si disse: ma pensa te. Andava a pranzo con suo figlio da uno sconosciuto, si addormentava sul suo divano come una bambina. Ma che le era preso? E dov'erano Gaston e il padrone di casa? Si spaventò. Le passarono davanti agli occhi mille storie, mille film, mille articoli di cronaca. Cosa aveva combinato? Si tirò in piedi e sentí le gambe tremare e il cuore spingere, gonfio come quello di un bue. Le mancava la voce. Uscí in corridoio. Sentí dei rumori provenire da una stanza. Si affacciò alla porta e i muscoli le si rilassarono tutto d'un colpo. Ogni singolo muscolo del corpo.

– Ehi, – disse.

Gaston, chino a terra, stava spennellando qualcosa su del cartone. – Guarda cos'abbiamo fatto –. Indicò i quarter pipe di cartone e plexiglas e una struttura a forma di parallelepipedo con due rampe e una ringhiera.

– Ma che...?

Papà le dava le spalle, stava finendo di segare un bastoncino di legno. – Sa, – disse, – Gaston ha un'ottima manualità –. Torse il collo e le gettò un'occhiata da sopra la spalla. – Si è riposata?

– Mi spiace.

– Per cosa?

– Addormentarmi cosí...

– Vuol dire che ne aveva necessità.

Elena si guardò attorno. Curiosò in giro per gli scaffali. Gaston era immerso in ciò che stava facendo e lei gli si fermò alle spalle, in modo che non si accorgesse che lo stava osservando. Abbracciò entrambi con lo sguardo. Entrambi, l'uomo e il ragazzino, e un fiotto inatteso di nostalgia e di gratitudine le gonfiò il petto. C'era, in quella scena, un'armonia di cui si accorse di avere un gran bisogno; un calore antico che, avesse trovato la parola, avrebbe definito in modo affettuoso; ma non era una da parole giuste, lei. Non lo era mai stata. Era in grado di *sentire*, e di percepire, ma solo limitatamente di esprimere. Elena si rivelava agli altri con i gesti piú che coi discorsi.

Si era sempre ritenuta affidabile. Quando si presentava ai colloqui di lavoro era la prima cosa che sbatteva sul piatto. Affidabile. Glielo avevano scritto sulla pagella alle elementari, o forse alle medie: Elena è una bambina affidabile. Glielo aveva detto un allenatore di pallavolo che a tredici anni l'aveva voluta in squadra nonostante l'altezza non fosse dalla sua: aveva detto alle altre giocatrici che era in squadra perché l'estro e i saltuari rigurgiti di fantasia non bastavano, che certo anche quelli erano utili, ma poi c'era da farsi trovare al posto giusto nel momento giusto. Le altre la prendevano in giro, dicevano che era un concentrato di affidabilità, sottolineando *concentrato*. Come un olio essenziale, dicevano. Il gusto intenso di un caffè ristretto. E ridevano. Elena, ragazzina, avrebbe voluto rispondere che non era lei a essere bassa, ma loro a essere piú alte della media; avesse avuto piú presenza di spirito le avrebbe paragonate a un caffè annacquato, ma le parole, come detto, non erano il suo campo di battaglia.

– Vado in bagno, – disse.

– L'ultima porta in fondo, – rispose mio padre.

Si lavò la faccia. Si osservò allo specchio. Le venne voglia di curiosare nel mobiletto dei medicinali e lo aprí silenziosamente: aspirina, fluidificante per la tosse, gocce di melatonina e valeriana. Sfiorò gli asciugamani impilati su uno scaffale.

Uscita dal bagno vide che la porta della camera da letto era aperta e si affacciò; sulla parete in fondo notò un quadretto con delle foto, uno di quelli con i passe-partout già ritagliati. Dallo studio arrivavano rumori gentili, oggetti riposti e i commenti di mio padre a qualcosa che Gaston stava facendo. Entrò in camera. Si avvicinò al quadretto: mio padre e mia madre al mare, su una vespa, sul balcone, ai Murazzi; in una c'eravamo tutti e cinque subito dopo la nascita di Alessandro. Studiò mia madre e pensò che era una donna affascinante – questo mi rivelò – ma una con cui avrebbe faticato a stringere amicizia. Niente di male, solo diversa da lei. E poi una cosa di cui si vergognò immediatamente. Pensò che era morta, ma che lei e mio padre avevano vissuto insieme per piú di trent'anni. Per quel tempo, che le sembrò incredibilmente generoso, lui e lei si erano amati, avevano condiviso il letto, quello accanto al quale si trovava in quel preciso momento e di cui percepiva il calore accumulato, e avevano avuto modo di costruire una memoria comune di cui ora lui poteva nutrirsi.

La invidiava. Li invidiò entrambi.

Non era giusto che lei e Olivier avessero avuto cosí poco tempo.

Girò attorno al letto – la testiera di legno scuro simile alla cassettiera – poi tornò indietro e si fermò davanti al comodino. Aprí il primo cassetto. Dentro c'erano dei fazzoletti, un orologio digitale, una scatola con il coperchio di madreperla; la schiuse e vide che era vuota. L'abat-jour era di quelli anni Cinquanta, in ottone con il coprilampada di tessuto color senape – era appartenuto ai miei nonni. Lo accese. Lo spense. Andò alla finestra e guardò fuori. La camera dava su Lungo Po Antonelli. Osservò il fiume, la collina e le venne in mente una volta che con Olivier era andata a passeggiare sopra Cavoretto e in quella camera da letto non sua sentí la mancanza di Olivier con tale intensità che pensò che sarebbe scoppiata a piangere. Poi però la risata di Gaston fluí come uno spettro attraverso il muro e si ricompose.

Fece per uscire. Accanto alla porta c'erano delle mensole e sopra una mensola una scatola di legno come quella nel cassetto del comodino. Era socchiusa perché c'era rimasta pinzata una collana. La aprí. Le collane di mamma. Erano belle: non sapeva dire se preziose, ma erano belle. Finché in mezzo alle altre ne vide una con un ciondolo a forma di uovo fatto con una pietra dura dalle venature verdi e rosse. Sgranò gli occhi. Non riusciva a crederci. Sentí mio padre commentare il lavoro di Gaston. Avvicinò la collana alla maglia. Gaston rispose: – Certo. Che stupido! – Non c'era uno specchio in quella stanza: pensò che era strano che non ci fosse uno specchio in una camera da letto. Il cuore le batteva con una violenza inaudita. Si cercò nella finestra ansimando, ma era giorno e riuscí a intravedere solo un riflesso evanescente di se stessa, simile all'idea che abbiamo dell'anima.

Oltre, vide gli alberi della collina. Li vide piegarsi sotto il peso del vento.

Fu allora che udí una botta fragorosa. Seguita dal rumore di vetri infranti.

Era un pomeriggio d'autunno e lei e Olivier erano a casa. Gaston aveva pochi mesi, dormiva sul divano avvolto in una coperta. Elena era appollaiata su uno sgabello alto da bar che avevano trovato vicino ai bidoni dell'immondizia e portato a casa. Attendeva di veder bollire l'acqua del tè. Olivier, accovacciato a terra sui talloni, stava pulendo l'attrezzatura per le prove di un nuovo spettacolo di strada ispirato a Saint-Exupéry: moschettoni e corde con cui avrebbero dovuto appendersi a un balcone.

– Vorrei smettere di mangiare tonno, – aveva detto Elena mentre le bollicine iniziavano ad accumularsi sul fondo del pentolino.

– Perché?

– Per il mercurio. Il tonno è un pesce grosso e nei pesci cosí grossi se ne accumula di piú. E poi perché nelle reti per i tonni ci finiscono anche i delfini.

Olivier aveva agitato un pugno per aria emettendo una specie di guaito. – *Buu!* Abbasso i tonni. *Shame on you!* – Poi aveva continuato a versare il *rope cleaner* in una bacinella piena d'acqua e raggiunta la quantità necessaria aveva mescolato con delicatezza per evitare che si formasse la schiuma, quindi aveva immerso una delle corde senza farla imbrogliare.

– Scemo, non mi prendere in giro. E poi mica sono i

tonni, il problema. Sono le multinazionali della pesca. I tonni sono innocenti.

– Non ti prendo in giro, *prinçesa* –. Olivier aveva pitturato sul volto un'espressione innocente e mandato un bacio a distanza, in punta di labbra, accompagnato da quel sorriso che avrebbe lasciato in eredità a Gaston. – Quindi che pesce si mangia?

– Ce ne sono diversi. Il pesce azzurro ad esempio. O lo sgombro. Lo sgombro lo trovi facile. O il polipo.

Olivier aveva le mani immerse nell'acqua e massaggiava la corda per eliminare le impurità. – Si dice polpo, non polipo.

– Ma che dici?

– Giuro. Sulla testa dei miei avi pescatori.

– Quello rosa... – Elena aveva simulato i tentacoli con le dita.

– Che si fa in insalata con le patate. Lui.

– E il polipo?

– Be', oltre a quelle escrescenze di carne che vengono alla gola o in altri posti scomodi è sempre un animale, ma diverso. Assomiglia a un fiore. Credo che neppure si muova.

– Illuminami... sai questo e non sapevi che è meglio non mangiare il tonno?

– Lo sapevo. L'ho letto da qualche parte.

– E non me l'hai mai detto?

Olivier aveva inclinato la testa. – Mi spiace. Non mi sono mai sentito toccato dal problema.

– A me invece interessa. Voglio sapere cosa è bene mangiare e cosa no. Voglio saperlo per noi e per Gaston. Soprattutto per Gaston. Non voglio dargli da mangiare cose sbagliate.

– Che roba, non credi? È difficile pensare che in natura ci sia del cibo che non può essere mangiato. Voglio dire, ci sto dentro se si parla di roba raffinata. Ma il mare. Il pesce. La natura è tutto un mangiarsi. Animali grossi che mangiano animali piccoli, uccelli che beccano i frutti sugli alberi.

– Siamo noi il problema. Inquiniamo. Non abbiamo rispetto –. Elena aveva spento il fuoco e versato l'acqua in due tazzone celesti ricevute con i punti della spesa. – Dovremmo scovare un posto che non sia inquinato, sempre che ce ne siano ancora –. Su un piattino c'erano delle bustine di tè utilizzate e lasciate a seccare. Le aveva immerse nelle tazze. – Dovremmo avere il coraggio di farlo.

– Perché no?

– Già, – aveva detto lei. – Perché no.

– Possiamo andare dove vogliamo.

Si era voltata e aveva appoggiato la schiena ai fornelli. – Ripetilo.

Olivier aveva tirato la corda fuori dall'acqua sbrogliandola in una spirale su un asciugamano gettato a terra. – Possiamo andare a vivere dove vogliamo.

– Andremo a vivere in un posto non inquinato. Ne troveremo uno.

– Sí.

– Lo giuri sulla testa dei tuoi avi pescatori?

– Anche su quella dei raccoglitori.

Elena aveva infilato un cucchiaino di miele in una tazza. Olivier si era alzato da terra, l'aveva raggiunta e stretta a sé cingendole la pancia. Lei gli aveva annusato le mani che odoravano di sapone. – Conquisterò un regno vergine, – aveva detto, – e da *prinçesa* diventerai regina –. Poi era andato all'attaccapanni e dalla tasca della giacca aveva preso una pietra simile al marmo, dalle venature verdi e rosse.

– E questa?

– Trovata ieri su una bancarella. Ti piace?

Elena se l'era rigirata tra le dita. – È bellissima. Che pietra è?

– Non ne ho idea. Ma mi ha fatto pensare a te.

– A me? In che modo?

Olivier si era stretto nelle spalle. – Non so. Mi sembra appartenere alla terra. Ecco tutto.

– E io ti sembro appartenere alla terra?

– Certo, – disse Olivier. Allargò le dita delle mani come fossero radici, fece un'espressione buffa e scoppiò a ridere.

– Potremmo farci un ciondolo.

– Pensavo a quello.

– Sai a chi darla?

– C'è un tizio nel Quadrilatero. Ci conosciamo. La darò a lui.

– Mi piacerebbe proprio un ciondolo fatto con questa pietra. Ci potrei abbinare un cordino di cuoio. Ho quel vestito indiano che è dello stesso verde –. L'aveva ridata a Olivier e si erano seduti a bere il tè. Gaston si era svegliato e aveva fame. Non avevano acceso la radio, anche se a entrambi piaceva molto la musica; erano rimasti immersi nei loro suoni, dei corpi e della casa.

Quando Olivier era morto, mentre già stavano chiudendo la bara, Elena aveva chiesto se potevano sollevare il coperchio ancora un momento; aveva sganciato il ciondolo dal cordino e gliel'aveva infilato tra le dita della mano.

Voleva che avesse qualcosa di suo da stringere per sempre.

Il ricordo si mosse lento. Quando svaní, Elena corse a vedere cos'era successo senza pensare a ciò che avrebbe detto il padrone di casa se l'avesse vista uscire dalla camera da letto. Ma mio padre non se ne accorse, perché lui e Gaston l'avevano preceduta ed erano già in cucina, dove il vento era riuscito a forzare la finestra malandata che si affacciava sulla collina mandandola a sbattere con violenza contro una mensola e spaccando il vetro. Elena fece per tirare Gaston per la felpa e dirgli di stare indietro, di fare attenzione alle schegge. In quel momento si ritrovò a stringere ancora la collana tra le dita. Avvampò. Se la cacciò nella tasca dei jeans.

– Pazzesco, – disse mio padre. – Che sta succedendo?

– La aiuto, – fece Elena. – Ha due scope e una paletta?

– Cristo santo, ci mancava solo questa oggi. E poi? Le cavallette?

Andò e tornò dallo sgabuzzino. C'erano vetri ovunque. Si misero al lavoro.

– Avrà fatto corrente, – disse Elena.

– Con cosa? Non c'era niente di aperto.

– Forse era chiusa male.

– Non so. La maniglia non funzionava bene. Era un sacco che volevo aggiustarla... lí, faccia attenzione.

Elena si chinò a raccogliere con due dita una scheggia, il grosso ciondolo di pietra della collana premeva contro l'inguine. Da quella posizione vide qualcosa sotto una sedia. – Guardi qui.

Era il prisma del Marocco. Il colpo aveva tranciato il filo da pesca. Papà lo tenne sul palmo e lo studiò: si era scheggiato. Lo disse anche a Elena: – Si è scheggiato, – e nel tono con cui ne prendeva atto c'era uno stupore infantile, qualcosa di simile alla rottura di un incantesimo.

Ci misero un bel po' a finire. C'erano frammenti di vetro ovunque. Dopo averli spazzati e raccolti passarono l'aspirapolvere, poi mio padre andò a rovistare nello sgabuzzino e nello studio e tornò in cucina con dello scotch da pacchi e del cartone che usò per accomodare la finestra. Gaston era tornato a lavorare allo skatepark in miniatura.

Finito di sistemare, papà preparò il caffè. Lui ed Elena si sedettero al tavolo della cucina ad aspettare che la caffettiera gorgogliasse. A causa del cartone avevano acceso la luce. Se ne stavano in silenzio. Elena vide in un angolo una lampada di sale e chiese se poteva accendere anche quella, e la caffettiera e il vento e la luce arancione della lampada di sale crearono una strana atmosfera. Papà cercò di rilassarsi, accese la radio e una voce rugginosa, da fumatore di sigari, riempí la stanza. Gli era sempre piaciuta la radio, soprattutto quella fatta di voci e informazioni. Il commentatore parlava di una tartaruga gigante catturata in Vietnam e della leggenda secondo cui un esemplare simile aveva aiutato un antico sovrano a respingere un attacco dei cinesi.

A mio padre scappò un sorriso. Elena lo guardò curiosa.

– È la voce, – disse. – La voce stessa sembra quella della tartaruga.

Versò il caffè nei bicchieri di vetro. Il commentatore passò il microfono a una donna: notizie legate ad accordi industriali e alle politiche economiche – «e i settori in cui invece continuerà a rimanere improbabile la sostituzione uomo-macchina sono quelli dell'istruzione e della salute. Le cure sanitarie saranno sempre piú coadiuvate da apparecchiature biomediche, ma non potranno mai fare a meno di una presenza umana capace di assistere e scegliere quali medicine somministrare al paziente».

– Vede, – disse mio padre. – Le infermiere.

Elena scosse la testa come a dire: macché.

– E invece sí.

– Guardi che finisce che lo faccio davvero –. Rise. – Mi ci vede?

– A fare cosa?

– A rimettermi a studiare.

– Certo che la vedo.

– ...

– Perché non dovrei?

– Be', quello che è certo è che farei felice mio padre.

– Suo padre?

– Sí.

– È vivo?

– Sí.

– Oh...

– Le sembra strano?

– Non so, prima ha parlato di sua madre e lo ha fatto in un certo modo. Mi ha fatto pensare che suo padre non ci fosse piú.

– E invece c'è, eccome. Abita a Roma. I miei si sono separati quando ero alle medie. Si è rifatto una famiglia, è preso dal lavoro. Ci sentiamo. Non lo vedo molto, ma ci telefoniamo. Ci vogliamo bene, di questo sono sicura.

– Cosa fa?

– Ha un banco al mercato. Saponi, profumi, spugne. Sempre quello. Sognava che io facessi il liceo e l'università. Era il suo sogno piú grande, per questo le dicevo. Anche lui avrebbe potuto farla. Con mio nonno era andata nello stesso modo. Mio nonno ha fatto l'operaio tutta la vita e per suo figlio immaginava qualcosa di diverso da un banco al mercato.

– E perché lui non ha frequentato l'università?

– L'ha fatto per un anno. All'inizio andava bene, poi però è stato bocciato a un esame e a un secondo e a un terzo e...

– Quale facoltà?

– Matematica.

– E quindi?

– E quindi ha cominciato a studiare meno, a non sentirsi in grado di farcela. Almeno è cosí che me l'ha sempre raccontata. Ha smesso di seguire le lezioni. Ha iniziato a non svegliarsi al mattino. Certi giorni non si alzava dal letto neppure per mangiare. Era depresso. E non lo dico tanto per dire, depresso proprio. E non capiva perché. Non c'era nessun motivo per esserlo. Aveva una bella famiglia e capita a tutti di steccare un esame. Ma niente. Finché un giorno mio nonno è entrato in camera sua, ha spalancato le finestre e gli ha detto che non gli importava piú che si laureasse o cosa, bastava che si alzasse e uscisse. Che si cercasse un lavoro. Andava bene uguale. Lui ha ubbidito e ha trovato un lavoro al mercato e da lí non si è piú mosso. Ma io lo so che si sente in colpa. Ha passato la vita sentendosi in colpa per non aver continuato a studiare. Sperava che lo riscattassi. I genitori fanno spesso questo errore con i figli, come si dice?

– Proiettano?

– Ecco, sí. Proiettano sui figli i loro fallimenti. O i loro desideri.

– Credo sia naturale.

– Ma è sbagliato.
– Sbagliato, – bofonchiò mio padre. – Non so. Dipende.
– Ad esempio?
– Prendiamo il fallimento. Suo padre ha capito l'importanza che avrebbe avuto laurearsi e ha sperimentato su di sé il dolore dell'occasione persa. È ovvio che sperava che la figlia non facesse il suo stesso errore. E se parliamo di desideri, be', se qualcosa ci fa stare bene non è forse normale desiderare di condividerla con chi amiamo?
– Messa cosí d'accordo. Ma io intendo un'altra cosa.
– I genitori che hanno fatto esperienza della vita sentono il bisogno di condividere la loro esperienza con i figli. Per evitare che ripetano i loro errori. Per condividere una passione.
– Lei come si è comportato?
– Io? Con i miei figli?
– Sí.
Mio padre inspirò ed espirò dal naso. – Come mi sono comportato? – Irrigidí le guance e gli occhi cercarono qualcosa sulla superficie del tavolo, qualcosa cui agganciarsi: trovarono una crepa nel legno. Sulla crepa appoggiò un dito, leggendone le asperità; quindi la percorse tutta, prima da una parte, poi dall'altra, cercando l'origine senza trovarla. Ed è questo che lo immagino pensare fra sé e sé: che poteva essere al centro, l'origine. Che forse la crepa si era sviluppata in entrambe le direzioni.

Mio padre non c'era quando mamma ha avuto l'incidente. Era in Venezuela. Dalla sua amante? Non ne ho idea. Quando lei è mancata mio padre aveva sessantasei anni: è ancora un'età in cui uno può inventarsi un impegno di lavoro e andare in Venezuela da un'amante? Perché no. Certo che lo è. E questo, attenzione, non vuol dire che è ciò che è capitato, quello lo sa solo lui. C'ho riflettuto un sacco. Io. Sonia e Alessandro dubito e non intendo giudicarli: ognuno è fatto a modo suo. Ma io, sarà per il lavoro che faccio e per le storie che invento e riscrivo e metto in scena, ecco, sarà per questo, ma su quei giorni e i successivi mi sono spaccata la testa. E anche su quella donna.

Mi sono domandata se non abbiano avuto un figlio, o chissà magari piú d'uno. Esiste una famiglia come la nostra in Venezuela? Bambini che portano il nostro cognome? Che ora, per altro, non sarebbero piú bambini. Che per vent'anni hanno atteso il ritorno di nostro padre, che era anche il loro, cosí come lo attendevamo noi? Nei momenti in cui la rabbia mi morde le mani me la immagino tipo la famiglia speculare di Coraline, uguali a noi ma con i bottoni al posto degli occhi: l'altra madre, l'altro fratello, l'altra sorella. Solo lui, papà, uguale a se stesso. Fantastico sulla possibilità che non usasse l'aereo, che per andare in Venezuela facesse finta di recarsi all'aeroporto e in realtà scendesse in cantina con la valigia e che in cantina, dietro le bottiglie di barbaresco e nebbiolo, ci fosse una porta e dietro la porta un lungo tunnel illuminato da torce crepitanti, attraverso cui, a piedi, arrivava nella casa dell'altra famiglia, a San Fernando o dove accidenti era.

Papà esce da una porta nascosta in un sottoscala venezuelano, si spolvera di dosso le ragnatele.

LUI Hola, llegué...
LEI Qué bien, mi amor. ¿Cómo estás?
LUI Cansado y hambriento.
LORO (*correndo*) Papá, papá...
LEI ¿Quién llegó, niños?
LORO Papá. Papá llegó.
LUI (*abbracciandoli*) ¿Y estos? ¿Quiénes son, eh?

Era partito da una decina di giorni e sarebbe dovuto tornare dopo due settimane. Mamma quella mattina si era svegliata con il sole addosso, l'ho già detto. Io ero rientrata senza preavviso. Di ritorno da una tournée in Spagna ero diretta a Roma, ma avevo deciso di fermarmi qualche giorno a casa. La sentii alzarsi e andare in cucina. Scesi dal letto sbadigliando. Rovistai con i piedi in cerca delle pantofole. Ne trovai una sola. La raggiunsi scalza. Quando mi vide allargò un braccio come fosse il lembo di una coperta, io mi ci accoccolai dentro e mi lasciai avvolgere.

– La mia bambina, – disse baciandomi sui capelli.

– La tua bambina ha bisogno di molti caffè.

– Ieri sera non hai aperto bocca.

– Solo per mangiare. Per il resto a mala pena ricordo come ci sono arrivata, qui. Come ci sono arrivata?

Lei mi fece scivolare fuori dall'abbraccio. – Seguendo le briciole di pane.

Mentre preparava la caffettiera grande per noi sole le raccontai di Madrid e dello spettacolo tratto da *Incendi*. Mi fece molte domande. La adoravo anche e soprattutto perché faceva sempre tante domande. Le piaceva capire. Scavava in ciò che dicevamo, a volte prendeva persino appunti, si segnava titoli di film, libri da leggere o luoghi su cui cercare informazioni su internet. Noi eravamo i suoi emissari. Io, i miei fratelli, papà. Viaggiavamo, esploravamo, lottavamo. Mentre lei restava a casa e si assicurava che il camino fosse accesso e ci fosse dell'acqua sul fuoco, pronta ad accoglierci e a curarci. Ci chiedeva di raccontare. Cosí che potesse di riflesso vivere ciò che noi avevamo vissuto. Nutrirsi delle nostre esperienze.

– E quindi è uno spettacolo su come una crisi economica può influire sui rapporti dentro le famiglie? – chiese lei. Lo faceva spesso. Ascoltava e poi tentava una sintesi, fatta con parole che le appartenessero, per meglio appropriarsi dei concetti. Ho sempre pensato che se le fosse capitata l'occasione avrebbe potuto diventare una divulgatrice fenomenale, o che so, una ghost writer, di quelle che scrivono i discorsi per i politici: se le fornivi le informazioni giuste lei sapeva cucinarle e servirle cotte a puntino.

– Sí, – dissi. – Precisamente –. Con la mano simulai l'apertura del sipario. – «Nell'autunno del 1960, quando avevo sedici anni e mio padre era disoccupato, mia madre conobbe un certo Warren Miller e si innamorò di lui». Inizia cosí, – dissi. – Noi abbiamo preso il 1960 e l'abbiamo fatto diventare oggi. Gli incendi nel Montana, a causa del cambiamento climatico, non abbiamo neppure dovuto modificarli. Solo li abbiamo spostati, perché la storia è ambientata in Galizia.

– Non in Italia?

– Anche. La versione italiana è ambientata in Sicilia.

– E come finisce la storia d'amore della madre?

– Non finisce. In realtà neppure inizia. È un principio d'incendio pure quello. È un urlo.

– Quindi i genitori del ragazzo non divorziano.

– Per un po' si separano. La madre va via di casa. Lascia il figlio con il marito e scompare per un paio d'anni. Ogni tanto manda delle lettere. Finché a un certo punto torna da chissà dove e nonostante il rapporto tra lei e il marito non sia piú quello di prima decidono che c'è qualcosa in loro, o meglio, che c'è stato qualcosa nello stare insieme, che dev'essere salvato. E anche se non sono tutte rose e fiori, tanto basta. Il figlio non capisce bene cosa sia successo. Ma questo, credo, è il destino dei figli.

A quel punto, ricordo, ero rimasta in attesa di un commento che non era arrivato. Un giudizio, qualcosa tipo bene, o meno male, o giusto cosí. Era questa la sua natura. Lei prendeva sempre le parti di ciò che c'era, di ciò che era stato ed era bello continuasse a essere: qualsiasi danno poteva essere riparato, ogni crepa stuccata, magari alla giapponese, come le aveva raccontato la sua maestra di origami parlandole del *kintsugi*, la pratica di riparare con la polvere d'oro ciò che si è rotto, rendendo cosí la ferita preziosa. Invece mamma non aveva detto nulla, era rimasta in silenzio, forse aveva bofonchiato un «già» di circostanza e si era alzata a sciacquare le tazzine da caffè. Aveva pescato un biscotto dalla scatola e sbocconcellandolo aveva cambiato discorso. Aveva detto che, accidenti, aveva preso un impegno prima di sapere del mio arrivo, le spiaceva molto.

– Mi vedo con Sabrina. Te la ricordi?

– La tua compagna del liceo?

– Vado a trovarla nella nuova casa, in campagna. Ti spiace se ti lascio sola?

– Ma no, perché?

– Se l'avessi saputo…

– Fai tranquilla. Io ho da lavorare. Ci vediamo a cena?

Sono poi andata a vederlo l'autoarticolato che trasportava le cisterne. Ho visto le cinghie di serraggio che gli addetti al carico e allo scarico non avevano teso a sufficienza o che forse si erano allentate a causa degli scossoni, e i materassini antiscivolo lacerati dai bordi del telaio. Ho visto il furgone che le è piombato addosso e ho visto anche la macchina, la nostra vecchia Audi. Ho visto perché non potevo non dare una forma alle cose, volevo sapere i colori e le dimensioni. Chiamare il male con il suo nome.

– Eccomi, – disse papà rispondendo al telefono. – Allora? – Aveva il cuore che batteva come quello di un cavallo dopo una corsa nel deserto.

– Nulla, – disse Sonia. – Non ci sono versamenti.

– Il mal di testa?

– Forse l'agitazione.

Papà si sedette. Appoggiò un gomito al tavolo e la fronte alla mano. – Meno male –. Il cellulare era squillato mentre stava prendendo il caffè con Elena. – Quindi?

Sentí Sonia allontanare il cellulare dalla bocca e dire qualcosa a Marco, poi: – Quindi ora si torna a casa e si respira. Che accidenti di giornata!

– È proprio come dici tu.

– Senti, ma che hai fatto poi? Sei uscito? Hai fatto una passeggiata?

– Io… tutto bene.

– Non sei rimasto sul divano col telefono accanto, vero?

– Non avrei dovuto?

– Papà…

– Senti, io sto bene, grazie. La cosa importante è che stia bene Rachele.

– Quando ci vediamo?

– Non so. Quando ci vediamo? Siete voi quelli impegnati.

– Se hai la macchina riesci a venire da noi il prossimo fine settimana?

– Non devo arrivare presto per cucinare, vero?

Sonia rise. – Ma che dici?

– E niente cachi. Grazie.

– Cachi? Oddio...

– Già. Altro che albero fortunato...

Mentre lui parlava al telefono, Elena si era alzata. Era tornata in camera da letto e aveva tirato la collana di mamma fuori dalla tasca. L'aveva osservata a lungo pensando che il suo ciondolo fosse piú bello, molto piú bello; che la forma irregolare della pietra che l'intagliatore amico di Olivier aveva conservato facesse risaltare meglio le venature e i contrasti. Poi l'aveva infilata tra le altre nella scatola di legno sulla mensola; le era spiaciuto lasciarla. Era andata nello studio e si era seduta a guardare Gaston finire il terzo quarter pipe.

– Sei contento di questa giornata?

Lui stava posando delle gocce di colla sul bordo della rampa per fissare gli stuzzicadenti che avrebbero simulato la ringhiera. Senza alzare gli occhi disse: – La migliore –. Poi: – Credi che potrei tornare?

– Non lo so.

– Mi piacerebbe.

– Possiamo chiederglielo.

– Possiamo?

– Certo, – disse Elena.

La scorsa estate io e Jawad siamo andati con i gemelli a Ventotene. Una mattina siamo passati dalla libreria Ultima Spiaggia e poi siamo scesi a Cala Nave. Jawad si è subito tuffato con maschera e boccaglio ed è andato a nuotare, io mi sono sdraiata a leggere e ogni tanto alzavo gli occhi per controllare i bambini. Alle loro spalle, oltre gli scogli, c'era l'isola di Santo Stefano e il carcere. Se ne stavano sulla battigia ad arare il fondale con le dita dei piedi e a osservare la sabbia disfarsi nell'acqua trasparente.

Li guardavo e pensavo alla loro vita, a ciò che li attendeva. Mi è sembrata una scena potente – io, loro, il mare. L'isola. In libreria avevo preso una raccolta di poesie di Neruda. La frase che Ernesto aveva scritto dietro alla foto di Irma era un verso tratto da *La notte nell'isola*. Mi ero ricordata del suo vizio di copiare poesie per Irma ed ero andata a cercarla su Google. «Tutta la notte ho dormito con te vicino al mare, nell'isola. Eri selvaggia e dolce, tra il piacere e il sonno, tra il fuoco e l'acqua. Forse assai tardi i nostri sogni si unirono nell'alto o nel profondo» – e via cosí.

Non ho piú saputo niente di Ernesto. Sono impazzita per trovarlo, ma niente. In compenso ho conservato la foto di Irma e un giorno di luglio ho deciso che dovevo andare a Ventotene a cercare il vicolo e ho convinto Jawad a farci un fine settimana. L'ho trovato, il vicolo. Non c'era piú la persiana scrostata e neppure un vaso di fiori, ma il mare sí: il mare sullo sfondo era lo stesso e anche la luce a mezzogiorno.

Mentre guardavo i bambini giocare e Jawad nuotare mi sono chiesta come avrei raccontato quel momento a teatro – è un esercizio che faccio di tanto in tanto – cosí ho preso la penna dalla borsa e ho cominciato a prendere appunti sulle pagine vuote in fondo alla raccolta di Neruda.

Ho immaginato il fondale azzurro slavato e una luce che si origina dall'acqua.

Due bambini. Un adulto.

L'adulto, il padre, chiede ai bambini di dare la schiena alle onde e di concentrarsi sull'incertezza: sa che, se sono come lui, avranno paura, perché il mare a lui ha sempre fatto paura. Ha sempre pensato che non sai mai cosa aspettarti dal mare, da quell'enorme mistero potrebbe affiorare qualsiasi cosa, in qualunque momento. Dopo un paio di minuti i bambini chiedono di voltarsi, ma il padre li incita a resistere ancora e a fissarlo. È seduto sulla battigia. Li sta guardando, loro e quell'immensa massa d'acqua alle loro spalle, la cui superficie è incendiata dal sole. Il padre pensa che dovrebbe essere sufficiente: vi sto guardando, dice, e finché vi guardo nulla accadrà. Le gambe sottili dei bambini scompaiono nel liquido verde a metà polpaccio, le spalle aguzze come quelle della madre, le orecchie tutte il nonno. Guardandoli pensa al tempo, ma non a un tempo qualsiasi, al tempo alla sua età, al tempo quando le estati duravano mesi, al tempo senza tempo dell'infanzia, e al futuro, lontanissimo, quel futuro che piú si desiderava qualcosa piú il momento di ottenerla sembrava imperscrutabilmente distante. L'assenza del male. La convinzione che dalle malattie alla fine si guarisce, che dall'esperienza si impara e che le punizioni saldino ogni debito. La leggerezza del corpo. La sconfinata fiducia che riponeva nei genitori: la testa che ronza di domande e gli adulti custodi delle risposte.

I bambini chiedono di uscire dall'acqua. Il padre li guarda volgere le spalle al mare e cerca di indovinarne il futuro e con vergogna si scopre a chiedersi dove saranno quando lui sarà anziano e avrà bisogno di loro. Quindi dice sí, certo, potete girarvi.

Escono dall'acqua trotterellando, piedi e caviglie impanate di sabbia scura. Vanno a sedersi tra le sue gambe. Uno dei due reclina la testa per guardare il cielo e attribuire una forma alle nuvole, l'altro la abbassa, per disegnare qualcosa con le dita, strizzando gli occhi. Guarda, dice al padre, e gli indica il disegno che ha fatto sulla sabbia. Cos'è?, chiede lui. È una balena volante, risponde il figlio, una balena volante che tiene sulla schiena un castello. È bellissima. E chi vive nel castello? Non lo so, dice il bambino. Be', fa lui, dovremmo deciderlo, possiamo inventare una storia ambientata nel castello per scoprire chi ci vive.

A volte i cantastorie, finito un racconto, premono il palmo delle mani a terra e dicono: qui lascio la mia storia affinché altri la prendano. Seduto con i figli sulla spiaggia l'uomo preme le mani sulle loro spalle e gli racconta una storia.

A quel punto mi sono sentita spruzzare. I gemelli mi sono volati addosso e ho fatto appena in tempo a mettere via il libro. Li ho avvolti negli asciugamani. Li ho spalmati di crema solare. Hanno cominciato a scavare nella sabbia a caccia di qualcosa. Jawad stava nuotando, si vedevano solo il boccaglio e le braccia entrare e uscire dall'acqua.

L'ho indicato ai bambini e ho detto: – Guardate, quello è il vostro papà. Guardate come nuota.

Per ore abbiamo cercato insieme, tra le rocce, le scatolette perdute di Ernesto, ma non ne abbiamo trovata neppure una.

Papà entrò nello studio.

– Allora? – chiese Elena.

– Pare sia tutto a posto. Resta il braccio rotto, ma quello s'aggiusta.

– Oh, meno male…

– Il braccio s'aggiusta. Il vetro s'aggiusta. Alla fine anche questa giornata ce la metteremo alle spalle. E sapete che vi dico? Nonostante il vento a me è venuta voglia di uscire. In fondo c'è una bella temperatura. Voi che programmi avete?

– Be', ora andremmo anche noi –. Elena si grattò la testa. – C'è da portare a casa tutta questa roba –. Indicò le rampe per il fingerboard.

Gaston saltò su. – Posso portarle a casa?

– Certo, – disse papà, – pensavi forse di lasciarmele?

– E… – Gaston guardò sua mamma.

– Cosa? – chiese mio padre.

– Credo, – disse Elena, – che Gaston voglia sapere se eventualmente può tornare a farne altre o a completare queste.

Papà attese appositamente qualche istante per far crescere la tensione, le sopracciglia aggrottate dal dubbio, poi sbottò in una risata. – Certo che può.

Elena e papà si scambiarono i numeri di cellulare. Lei avrebbe voluto aiutarlo a riordinare lo studio, ma lui disse che non era necessario, che aveva tutto il tempo per farlo l'indomani mattina o quella sera stessa, rientrato a casa. Non aveva fretta. Non avrebbe piú avuto urgenze, pensò, se non godere del tempo che le persone cui teneva gli avrebbero dedicato. Si disse, in quel momento, forse non cosí limpidamente come lo sto dicendo io adesso – ma certo lo disse a me, anni dopo, con sufficiente chiarezza – che le cose si aggiustano solo se si ammettono gli errori; se si accetta di averne fatti; e che piú che renderne conto agli altri si tratta di renderne conto a se stessi, ché a urlare ai quattro venti la propria volontà di cambiamento si rischia di farla coincidere con l'urlo e altre cose cosí. Questo pensò. Questo si disse. Ma è ovvio che è una mezza verità e a dirla tutta, ecco, puzza anche un po' di autoassoluzione. Intendo dire che non tutto si può aggiustare, neppure se si ammettono gli errori: mamma non si è sentita meno sola da quando lui ha ammesso a se stesso i propri errori, perché mamma non c'era piú, la sua vita nel frattempo era già finita.

Infilarono quarter pipe, straight rail e funbox dentro una grande borsa di plastica, facendo attenzione a non pressarli.

Per le scale incontrarono Andrea e sua madre. Si schiacciarono contro la parete per farli passare. Andrea era immerso in un ragionamento fra sé e sé e non li degnò di uno sguardo. La donna li salutò e sia Elena sia papà si accorsero dei suoi occhi stanchi.

Poi, prima che sparissero sul pianerottolo, papà girò sui tacchi e disse: – Il taxi.

Andrea si paralizzò.

– Prende in giro le persone. È il taxi. Giusto?

Quando Andrea mostrò la faccia c'era un sorriso enorme a illuminarla. Iniziò a battere la punta delle dita – solo la punta – come di solito la gente batte le mani, gli occhi eccitati rivolti a un luogo lontano che non apparteneva a questo mondo. Scese i gradini con passetti veloci, ignorando Elena e Gaston, e capitombolò verso mio padre come se intendesse abbracciarlo, ma si fermò un istante prima. Mostrò il palmo della mano, lo avvicinò alla giacca, senza toccarla, e restò lí immobile, come un pranoterapeuta. Nonostante quell'abbraccio imploso, mio padre percepí la pressione del suo corpo e ogni molecola della sua euforia.

Una volta usciti per strada, Elena disse che sarebbero andati in piazza Vittorio ad aspettare l'autobus. Papà rispose che li avrebbe accompagnati e magari, anche se fuori stagione, potevano prendere un gelato: gli era venuta una voglia improvvisa.

Seguirono il fiume. Il vento si era calmato. Un sole autunnale di metà pomeriggio scaldava la piazza. La chiesa della Gran Madre si ergeva bianca al di là del ponte. C'erano famiglie a passeggio, la beatitudine negli zigomi arrossati, la pancia gonfia per il pranzo e cani al guinzaglio e bambini che si rifiutavano di camminare. Elena e papà presero un cono pistacchio e cioccolato: gli stessi gusti. Gaston invece uno zabaione. Ciondolarono per la piazza sentendo il sole sulla fronte, quindi si sedettero alla fermata dell'autobus.

– Credo che stasera chiamerò mio padre, – disse Elena. – Di solito aspetto sia lui a farlo, non so perché. Con mamma è piú facile che venga in mente a me di alzare il telefono o di passare a suonarle. Con lui è diverso, forse perché è lontano e ha un'altra famiglia –. Leccò il gelato. Si ricordò di un articolo letto su una rivista. – Credo di aver bisogno di essere cercata.

– Dove sta a Roma? Un po' la conosco.

– Sulla Nomentana. Lo dico cosí come se fossi pratica e invece no, ma è ciò che sento dire a lui quando gli chiedono dove abita. Dice sulla Nomentana. Io ci so giusto arrivare se scendo a Termini.

– Un mio collega abitava da quelle parti. Ricordo che c'era un posto. Mangiai una cacio e pepe fenomenale.

– L'ho mai mangiata io la cacio e pepe? – chiese Gaston finendo di leccare il cucchiaino.

– Cioè è pazzesco, – disse Elena, – tu ti svegli solo se parliamo di cibo.

– Che ho fatto adesso?

– Gaston, conosci la storia di quella statua? – chiese mio padre indicando la chiesa della Gran Madre dall'altra parte del ponte.

– Quale statua?

– Quella a sinistra. La donna con il calice. Vedi che con l'altra mano sembra indicare un punto ai suoi piedi? Gli amanti dell'esoterismo dicono che sia dov'è nascosto il Graal.

– Cos'è il Graal?

– Cos'è il Graal? – Papà si portò una mano al cuore. – Non hai mai visto Indiana Jones?

Gaston guardò sua madre di sottecchi.

– Non so se l'hai visto, – disse lei.

– Come si fa a non aver visto Indiana Jones?

– Però ho visto *Lords of Dogtown*.

– Lords...

– Oh, – disse Elena. – Bravo Gas, difenditi.

– Cos'è? – chiese mio padre.

– Un film sullo skate. La storia di Stacy Peralta, Tony Alva, Jay Adams. Gli Z-Boys.

Mio padre alzò le mani. – Mi arrendo.

– È un sacco che non vado al cinema, – disse Elena. – Lo so che sembra strano, ma a Olivier non piaceva granché. Preferiva gli spettacoli dal vivo. La musica o il teatro.

Papà sospirò. – Sarebbe andato d'accordo con mia figlia Giulia.

Elena lo guardò di sbieco. – Quella che non sente da un po' di tempo?

– Non so com'è che è finita cosí.

– Avete litigato?

– Litigato? No. Non abbiamo *litigato*. È che dovremmo chiamarci, ma non lo facciamo. È come evapora l'acqua. Non è che se lascia una ciotola al sole la vede sparire, giusto? Anche se sta lí fisso a guardarla. Ma a un certo punto l'acqua non c'è piú. Dopo il funerale è partita per lavoro. Ci siamo scritti un messaggio un paio di settimane piú tardi. Una volta l'ho chiamata io, ma abbiamo parlato poco. Un'altra volta mi ha cercato lei, ma c'era un imbarazzo nella voce. Come se non sapessimo cosa dirci. E poi... non ho capito.

– Passerà.

– Dice?

– Il tempo è una buona medicina, – disse Elena.

Mio padre si tese come se l'avesse punto una vespa. – Pensa te...

– Cosa?

– Stamattina ho detto la stessa cosa a un tizio, un amico di mia moglie. E ho pensato che era una stronzata, che non è vero che il tempo guarisce. Ma ora, detto da lei, mi viene voglia di crederci.

– Ci creda. Ma questo non vuol dire che il tempo fa da sé. Non è una magia. Se no è come quelli che pensano di guarire senza curarsi. Il tempo, ecco... se ne abbiamo abbastanza, possiamo cambiare idea. Tornare sui nostri passi.

– Che è ciò che le dicevo per quanto riguarda il lavoro.

Elena scoppiò a ridere. – Accidenti. Ha ragione. Alla fine ci stiamo dicendo le stesse cose. Chissà perché quando le ascoltiamo dagli altri suonano meglio di quando ce le diciamo noi.

– Forse perché è piú facile dare buoni consigli agli altri che a noi stessi.

Restarono a chiacchierare cosí, parlando di niente, finché l'autobus non si fermò davanti alla pensilina aprendo le porte con un respiro idraulico. Elena e papà si salutarono stringendosi la mano e lui la trattenne qualche istante in piú del dovuto, o almeno è ciò che pensò piú tardi. Rinnovò a Gaston l'invito a tornare a lavorare alle rampe e al resto e di fronte alla gentile reticenza di Elena che non voleva disturbare assicurò che gli avrebbe fatto piacere. Poi le porte si chiusero, l'autobus partí e lui lo osservò imboccare via Po e venire risucchiato dalla città, una macchia arancione sempre piú piccola, fino a confondersi con il traffico.

Si avviò lentamente verso il fiume. Invece di scendere subito a sinistra e di fare i Murazzi per tornare a casa attraversò il ponte e prese lungo l'altra sponda. Passò davanti alla biblioteca Geisser. Gli venne in mente che aveva un libro da consegnare, un saggio sulle palafitte, e continuando dentro parco Michelotti raggiunse lo skatepark di fronte al motovelodromo, lí dove la giornata aveva preso quella piega inattesa. C'erano cinque o sei adolescenti seduti in cima alle rampe, le tavole accanto, e da una radio arrivava della musica rap italiana. Le panchine erano vuote. Si sedette giusto per far riposare le gambe, allungò un braccio sullo schienale e si voltò in direzione dell'acqua e della città; oltre i rami e le foglie degli alberi, non molto distante, si intravedeva quella striscia di case su Lungo Po Antonelli che comprendeva la sua e pensò che quello era proprio un bel posto in cui vivere.

Non sono mai stata brava a gestire la fragilità dei miei genitori: nei loro confronti non ho mai smesso di sentirmi figlia e di voler essere io quella accudita. Mi veniva spontaneo pensare che essendo piú vecchi di me dovessero essere migliori di me, punto: una di quelle cose scritte nel destino. Dovevano essere piú consapevoli, piú forti, in grado di governare con piú criterio qualunque situazione, e sto parlando, in generale, del modo di affrontare i problemi. Poi, certo, c'era il logorio del corpo e tutto il resto, ma per quanto mi riguarda dovevano essere loro a continuare ad aiutare me a fare luce sui misteri della vita.

Ma arriva un momento in cui le parti si invertono o per lo meno si sovrappongono.

Nel destino c'è scritto anche questo.

Come ho detto, la domenica in cui mio padre conobbe Elena e Gaston mi trovavo a Vicenza per lavoro, in compagnia della foto di Irma, dell'amore per lei di un ex carpentiere e del mio per Jawad, di cui sentivo una mancanza lancinante. Di pomeriggio tardi, rientrata in albergo, vedendo spuntare la foto tra le pagine del libro che stavo leggendo, pensai alle colazioni solitarie di Ernesto, alla focaccia spezzettata nel latte macchiato, alla timidezza nei gesti, e pensare a lui, a quei pezzetti minuscoli che masticava con devozione, mi fece pensare a mio padre.

Sonia mi aveva raccontato del pranzo e che sperava avesse congelato tutto. Mi ero chiesta cosa avesse fatto, come avesse trascorso la giornata. A immaginarlo a casa da solo in attesa di notizie su Rachele, la macchina dal meccanico, tutto quel cibo a raffreddarsi, fui invasa da una nostalgia infantile, simile a quella che provavo da piccola quando andavo in vacanza con i nonni, con la differenza che alla nostalgia era mischiato un ispido senso di colpa.

Dopo essermi fatta una doccia uscii a passeggio. Era il crepuscolo. Camminai per una via commerciale che formicolava di illusioni. Gli infissi cromati dei negozi riflettevano le luci delle insegne e c'era odore di popcorn e di burro. L'aria era traslucida, come il ghiaccio del giorno in cui eravamo andati a pattinare; mi tornarono in mente le balene. Mi fermai davanti alla vetrina di un negozio di giocattoli che esponeva carillon: alcuni erano in funzione, ma la musica restava imprigionata dietro il vetro. Presi il cellulare dalla borsa. Lasciai partire la telefonata. Squillò a lungo, tanto che stavo per mettere giú. Finché.

– Pronto?

Sentii la sua voce tremare, perché sapeva che ero io. Aveva riconosciuto il numero che da settimane leggeva sul foglietto e che ormai conosceva a memoria.

– Papà, – dissi, e dicendolo – che sciocca – dovetti soffocare un singhiozzo.

Lui disse il mio nome come sapeva dirlo solo lui e non aggiunse altro.

– Come stai?

Insomma, alla fine è vero, il tempo fa la sua parte. Potremmo parlare di evoluzione. Mutiamo senza accorgercene, un niente ogni giorno, mentre siamo impegnati a vivere, a pagare le bollette o a prenotare una vacanza.

Con papà riprendemmo i contatti. Cominciai ad andare a trovarlo con Jawad: io dormivo nel mio letto e Jawad in quello di Sonia. Raramente ci dicevamo grandi cose, ciò che avrei voluto, o con la profondità che desideravo, ma andava bene cosí. Recuperammo in familiarità. Di tanto in tanto capitava che mi chiedesse di fare una passeggiata in collina, verso Superga, su per strada del Cartman; magari aveva trovato un sentiero nuovo e desiderava farmelo vedere. Ecco, in quei momenti, nel mezzo di un bosco, capitava che riuscissimo a districare qualche nodo. Una volta mi chiese a cosa stavo lavorando. Risposi a *Un nemico del popolo* di Ibsen. Mi chiese se non lo avevo già fatto alle superiori. Dissi che ero all'università, ma comunque sí, avevo recitato nella parte di Petra Stockmann; ora mi sarei occupata della regia. D'un tratto gli si accese una luce nello sguardo. Disse che ricordava bene quello spettacolo, che alla fine tutto il pubblico si era alzato per applaudire – «È quello, vero? Era stato un successo!» – e nella voce percepii un orgoglio che m'impedí di proseguire a camminare. Un ragno stava tessendo una tela tra un ramo e un fungo lignicolo. Lo fissai incredula. Gli chiesi con che coraggio osava dire una cosa simile. Lui appoggiò il piede a una roccia, si puntellò con la mano alla coscia e mi scrutò senza capire.

Il teatro intero era scattato in piedi. Tutti. Tranne lui. Dissi che ce l'avevo davanti agli occhi: mamma che si sbraccia e accanto a lei il vuoto. Non riuscivo neppure a ricordarli, gli applausi. Nella mia memoria c'era solo un mucchio di gente che scuoteva l'aria senza produrre nessun tipo di suono.

– L'unico applauso che desideravo era il tuo e tu sei rimasto seduto. Me l'avevi promesso.

– Io non...

– Cosa?

– ...

– *Io non*, cosa...?

– Non so. Ero emozionato per te.

– Eri emozionato per me e sei rimasto seduto?

– Mi sembrava ovvio, no? Ero felice del tuo successo.

Mi venne come una vertigine. M'infilai le dita tra i capelli. Sbraitai che no, non era ovvio per niente, che quando si ama qualcuno bisogna farglielo sapere, che bisogna dirlo, l'amore. Dirlo. E mostrarlo. – Hai capito? – Mi resi conto che mi stavano venendo gli occhi lucidi e mi voltai verso il fungo e la ragnatela.

Lui disse: – Oh, – e aggiunse: – Mi spiace –. Lo ripeté un paio di volte a voce bassissima. Mi spiace.

In quegli anni capitò anche che ci dicessimo queste cose.

Prese l'abitudine di trascorrere alcuni giorni a settimana a Biella, da Sonia e Marco, che avevano bisogno di aiuto con Greta e Rachele: tra lavoro e nuoto e aikidō e doposcuola non ci stavano dentro. Sistemarono un angolo dello studio con un divano letto e quella diventò la sua stanza. Non gli piaceva granché la campagna, ma apprezzava la compagnia delle nipoti e già che c'era dava una mano a Marco con i lavori, giusto per evitare che quella catapecchia che si ostinavano a chiamare a casa gli crollasse in testa. Fecero persino un ponticello, per oltrepassare una bialera che divideva il loro terreno da un bosco di biancospini in cui le bambine si rifugiavano a costruire mondi fantastici; cosí da evitare che nel saltarla ci cadessero dentro.

Poi arrivò il giorno in cui io e Jawad annunciammo di aspettare due gemelli. No, non sapevamo il sesso e non volevamo saperlo, e no, non ci saremmo sposati per il momento, e sí, saremmo rimasti a vivere a Roma. La casa era piccola, bisognava accamparsi, ma all'inizio ce la saremmo cavata: quando poi non avremmo piú potuto farne a meno ci saremmo ingranditi affrontando il funesto mercato immobiliare romano.

Seguirono anni di assestamento. I gemelli erano giunti tra noi e si davano da fare perché ci accorgessimo della loro presenza. Sonia e Marco presero in affidamento un bimbo che terremotò la loro quotidianità piú di quanto già non facessero Greta e Rachele e papà si rese disponibile anche in questo caso con una generosità che non avremmo immaginato.

Ci uní una nuova complicità, che nulla toglieva alle incomprensioni del passato, ma che le rendeva gestibili. Non si trattava di cancellare o dimenticare: ma di perdonare.

Era un tempo nuovo.

Bisognava goderne.

Poi, un giorno, dieci anni dopo la caduta di Rachele dall'albero di cachi, mentre stava cambiando una lampadina nella casa di Lungo Po Antonelli, toccò a papà cadere dalla scala. Si accorse che stava svenendo, fece in tempo a scendere due gradini, a sfiorare il pavimento con la punta della pantofola e fu il buio; quando riaprí gli occhi era a terra, contro la guancia il freddo delle piastrelle di graniglia. Restò sdraiato e pensò: che accidenti… La mollezza spalmata ovunque. Mosse le gambe come un cavallo. Aveva male alla testa, portò la mano al dolore e ritraendola vide le dita sporche di sangue. Che accidenti… pensò di nuovo. Infine trovò la forza di tirarsi in piedi, si tamponò la ferita e attese che smettesse di sanguinare seduto sul divano. A noi non disse nulla. Andò dal medico che gli prescrisse degli esami, ma non fece in tempo perché due giorni dopo svenne ancora, questa volta per strada. Un macellaio uscí dalla bottega per soccorrerlo e avvisò il pronto soccorso. Lo trattennero il pomeriggio ed era buio quando una dottoressa gli comunicò che dovevano ricoverarlo. Gli esami avevano rilevato la presenza nei polmoni di coaguli che impedivano al cuore di pompare abbastanza sangue al cervello.

– Ha qualcuno da chiamare?

Si decise per Sonia: di noi tre era la piú vicina.

Il giorno dopo, all'ora di pranzo, Sonia avvisò me e Ale:

era tutto sotto controllo, disse, ci avrebbe aggiornato; ma la mattina successiva ci richiamò per dirci che invece no, dovevano operare papà: la faccenda era piú seria di quanto i medici avessero pensato all'inizio. Io dovevo leggere e scrivere e potevo farlo ovunque. Jawad era appena rientrato da Singapore e doveva ripartire per Agrigento, ma decidemmo che avrebbe annullato l'impegno in Sicilia e che sarebbe rimasto a casa con i bambini, cosí che io potessi salire a Torino e stare vicino a papà nei giorni dell'operazione e durante la convalescenza. Se le cose fossero andate per le lunghe mi avrebbero raggiunto approfittando delle vacanze di Pasqua. Ale impiegò tre giorni a organizzare il lavoro all'Echa e poi arrivò anche lui. Ci ritrovammo cosí a condividere la casa di Lungo Po Antonelli. Noi due soli per la prima volta da quanto? Quindici anni forse. Anche di piú.

Ci dividemmo la giornata. Io andavo in ospedale la mattina, mentre lui a casa faceva conference call con i colleghi, e il pomeriggio mi dava il cambio. Io mi portavo dietro sceneggiature da leggere, chiavette con spezzoni di spettacoli da vedere sul computer e schede tecniche da analizzare. Sonia ci raggiungeva la sera. Una volta si portò dietro Rachele, ma lei, nonostante avesse ormai diciassette anni, restò impressionata a vedere il nonno con gli occhi segnati, smagrito – e infatti le infermiere si lamentavano che doveva sforzarsi di mangiare – e con la flebo che gli spillava nel braccio un liquido mieloso, cosí non la portò piú.

L'operazione era andata bene. Questo è ciò che dissero i medici. Ma lui faticava a riprendersi e la convalescenza si fece travagliata; dovettero operarlo una seconda volta. Jawad mi raggiunse con i gemelli per qualche giorno: li portò al Museo egizio e a quello del cinema e io, una sera, mentre andavamo a mangiare thai, indicai loro, dalla strada, quale era la stanza del nonno. Rientrai a Roma per una settimana. Quindi tornai a Torino. La sera prima che Ale partisse per Helsinki – a quel punto era costretto a rientrare – lui, Sonia e io cenammo insieme in Lungo Po Antonelli. Sonia prese del vitello tonnato in gastronomia e Alessandro si avventurò nella preparazione del *kalakukko*, a detta sua uno dei piatti tradizionali finlandesi; in pratica, per come lo fece lui, un mischione di pesce e bacon e pancetta cotto in forno dentro una pagnotta di pane di segale avvolta nell'alluminio. Quando lo mise in forno sembrava stesse per spedire su Marte un segno della nostra presenza nella galassia. Battezzammo quell'oggetto misterioso Holden a causa della segale.

– Oggi ha mangiato? – chiese Sonia.

– Sí, della purea con i piselli. Oh, avete presente la tizia nella stanca accanto, quella bionda che ha il marito antipatico? È una contralto. Credo sia una professionista. Dopo pranzo si è messa a cantare non so quale aria. Papà l'ha subito riconosciuta ovviamente. Me lo ha detto, ma ora non ricordo. Ha fatto venire i brividi a tutto il reparto. C'era la gente che si ammucchiava davanti alla porta della stanza. Ho visto un'infermiera che piangeva.

– Com'è la voce di una contralto? – chiese Ale.

– Credo sia il timbro piú grave di quelle da donna, – rispose Sonia.

– A volte veniva affidato alle contralto un ruolo maschile *en travesti*. Spesso adolescenti e giovinetti.

– La musica fa bene agli ammalati, – disse Ale.

– La musica fa bene a chiunque, – dissi io. – Poi vabbe', dipende dalla musica.

– Sentite... – Sonia prese una delle bottiglie di Arneis di papà dal frigo.

Lo fece con un'irruenza particolare e mi venne da chiederle se doveva dirci qualcosa per cui era necessario bere. Rise senza ridere, soffiando dal naso. Ale, che era accucciato sui talloni a osservare Holden attraverso il vetro del forno, si tirò in piedi con una smorfia. – Lo sapete che in Finlandia c'è una parola, *kalsarikännit*, che significa stare a casa in mutande a ubriacarsi?

Aggrottai le sopracciglia incredula.

– Te lo giuro.

Sonia stappò la bottiglia e riempí tre bicchieri. – Ieri ho parlato con papà di alcuni aspetti. Della casa. Di questa. E anche dei suoi risparmi. È stato lui a prendere il discorso.

– Stai davvero per dire ciò che penso?

Sonia ci passò i bicchieri, allungammo le braccia e li facemmo tintinnare. – Agli argomenti difficili.

– E che cazzo, – dissi. – Non sta cosí male.

– Ma non sta neppure bene, Giulia. E poi non si tratta di *quello*. Cioè, non è… e comunque, come ho detto, non sono stata io ad affrontare l'argomento. È stato lui. Ha insistito perché ne parlassimo. Me lo ha chiesto.

– E quindi?

– E quindi ha detto un paio di cose che è bene che tutti noi sappiamo. Ad esempio che nel cassetto del comodino c'è una busta con le informazioni sui conti correnti.

– Quanti ne ha? – chiese Ale.

– Tre.

– Tre?

– Pare abbia già diviso le cose in modo che a ciascuno di noi resti una parte dei risparmi. Ha detto che appena sta meglio si organizzerà perché ognuno di noi vada a mettere la firma sul conto che lo riguarda.

Bevemmo un sorso di vino, tutti e tre, all'unisono. Restammo in silenzio. Quella notizia ci aveva tolto la parola. Dal cortile galleggiava una musichetta infantile. Ale andò a curiosare, disse che c'era una festa di compleanno di una bambina.

– A quest'ora? – dissi. – È quasi buio.

– Non ci sono piú i bimbi di una volta.

– Non dirlo ai gemelli, per favore. A loro lasciamolo credere.

Sonia prese un cracker, ci spalmò sopra burro e pasta d'acciughe. – C'è poi la casa.

Chiesi se papà avesse già diviso anche quella. – Una stanza a testa?

– Io vorrei il bagno, – disse Ale.

Mi toccai le palpebre con la punta delle dita. Non avevo voglia di affrontare quei discorsi.

– Siate seri. C'è uno di noi tre che vuole tenerla per sé? Forse Ale, caso mai tornassi a vivere a Torino.

– Guarda, le possibilità che io torni a vivere a Torino sono meno di quelle che ho di essere colpito da un fulmine passeggiando su una spiaggia, che sono comunque piú di quelle che ho di restare vittima di un attentato.

– È un modo per dire che non ti interessa?

– La casa? Certo che mi interessa. Affettivamente. Ma dubito che verrò mai a viverci.

– Quindi... – dissi.

– Tu, – chiese Sonia, – pensi che potresti mai venire a stare qui con Jawad e i gemelli?

Gonfiai le guance. – No. Cioè, non lo so. Penso di no. Perché dovremmo trasferirci a Torino? La nostra vita professionale non è radicata in un luogo preciso, quella di Jawad soprattutto, ma è ovvio che Roma è meglio. Piú giro. Piú contatti. I finanziamenti. Gli uffici stanno lí e vi assicuro, essere a portata di motorino per correre ad aggiungere la marca da bollo che ti sei scordata è utile. E i gemelli ora hanno gli amichetti.

Sonia usò la punta del coltello per far tintinnare la bottiglia. – Quindi... la si vende.

Ale drizzò la schiena. – La si vende?

– Eh. Sí.

– ...

– Scusa, che vorresti fare? – chiese Sonia. – Affittarla? E chi ci sta dietro?

– No, vabbe'... è che...

Io non riuscivo piú a stare seduta. Mi alzai in piedi. – Occhio a Holden, Ale.

Ale andò a controllare il forno.

Sonia disse: – Allora?

– Allora, allora, – sbottai. – Ma dobbiamo proprio deciderlo adesso? Eddài, cosí sembra che papà sia morto.

– L'ha chiesto lui che ne parlassimo, – disse Sonia.

– Bene. E noi gli diciamo che ne abbiamo parlato. E abbiamo deciso che ne riparleremo a suo tempo.

Ale tornò a sedersi, prese il bicchiere di vino con due mani e lo portò alla fronte, come per benedirlo. – Io comunque non posso pensarci di venderla, 'sta casa.

– Infatti, – dissi. – Non pensiamoci proprio e la risolviamo cosí.

– Però un giorno dovremo decidere.

– E decideremo, Sonia. Decideremo. Adesso ce lo facciamo un bel respiro tutti insieme?

In quel momento suonarono alla porta. Andrea, sul pianerottolo, gridò «Ciao!» prima ancora che uno di noi si alzasse per andare ad aprire. Scoppiammo tutti e tre a ridere. Tirammo a sorte chi doveva andare e toccò a me. Andrea intanto continuava la sua litania di ciao.

Era un po' che non lo vedevo. Era cresciuto, aveva i capelli corti sui lati e un ciuffo sbarazzino, ma indossava una delle solite tute dell'Adidas. Voleva regalarci una torta preparata da sua mamma. Avevano fatto una festa a casa ed erano avanzati molti dolci. – Non sono venuti tutti quelli che ho invitato, – disse. – Solo cinque –. E aprí la mano per mostrare il numero. – Per questo sono avanzati i dolci –. Chiesi se era una festa di compleanno e lui disse no, una festa e basta: per festeggiare. Dissi che comunque la banda dei cinque era la migliore e anche se erano in sei andava bene uguale. Andrea mi chiese di battere un cinque per la banda dei cinque. Cosí facemmo. Poi corse via.

Restammo alzati a lungo. Sonia decise di non rientrare a Biella, chiamò Marco e rimase a dormire con noi. Evocammo gli spiriti della nostra infanzia. Bastava guardarsi attorno e ogni oggetto faceva esplodere un ricordo rimasto impigliato come un sacchetto di carta nei rami della memoria. Decidemmo anche che papà stava meglio e che era soprattutto una questione di morale: dovevamo tenerglielo alto e ne sarebbe uscito.

Nessuno di noi andò a letto. Ci appisolammo sul divano e sulle poltrone ascoltando musica jazz per radio e bevendo mirto e genepí. A un certo punto – era quasi l'alba – mi svegliai. Mi avvolsi in un plaid. Mi trascinai fino alla porta del balcone che era rimasta aperta. Aveva iniziato a piovigginare e c'era un odore buono nell'aria. Mi sembrò di vedere un'ombra accovacciata tra i vasi. La vidi soffiare via il fumo di una sigaretta verso un residuo di luna che le nubi, a tratti, svelavano sui tetti. Mi sedetti accanto all'ombra e restai lí fino al sorgere del sole.

Avrebbero dovuto dimetterlo il giorno dopo, cosí ci avevano promesso. A metà mattina la porta si spalancò. Con la disinvoltura tipica di chi ha familiarità con l'ambiente un'infermiera entrò in stanza e quando vide papà sdraiato a letto, mezzo appisolato, si voltò a scrutarlo e restò immobile, a lungo e in silenzio. Io stavo leggendo seduta accanto alla finestra. La luce filtrava tra le foglie del frassino a illuminare le pagine. Sollevai lo sguardo e rimasi in attesa che l'infermiera dicesse qualcosa; notai la pelle chiara e i capelli biondi che ricadevano sulle orecchie, teneva le mani nelle tasche della casacca, una di quelle a maniche corte, e si vedeva dal rumore e dal ribollire del rigonfiamento che stava giocando con delle chiavi.

– Posso aiutarla?

Si voltò verso di me, ma non disse nulla.

– Sta riposando, – dissi indicando mio padre. – Serve qualcosa?

– Lei è...

– Sono la figlia.

– Piacere, – disse offrendomi la mano. Mi alzai, posai il libro sulla sedia e la raggiunsi. Lei disse: – È che... vede, io conosco suo padre.

– Davvero?

– Sí. Ci siamo incontrati diversi anni fa. Una domenica.

– Dove?

– Vicino a casa sua. In uno skatepark.

– Quello davanti al motovelodromo?

– Sí. Una strana giornata. Io e mio figlio finimmo persino a pranzo da lui.

– A pranzo?

– È una bella storia, mi creda. Ci sarebbe da scriverci sopra qualcosa. Quel giorno, ecco, è stato importante averlo incontrato. Glielo dico cosí, non mi prenda per matta. Ma ci siamo solo detti delle cose. E poi mio figlio ha continuato ad andare da suo padre per un paio di mesi. Io lo accompagnavo e lo riprendevo. Poi, come sappiamo, tutto finisce. Altri interessi. Altri impegni. E ci siamo persi di vista. Ma quella giornata, insomma, è stata particolare.

– E suo figlio che ci andava a fare da mio padre?

– Costruivano dei modellini.

Risi. – Oh, questo è tipico suo. Non mi stupisce.

– Gaston era appassionato di skateboard. Sempre stato uno dalle *grandi* passioni, lui. Arrivano e lo consumano, come incendi. E c'era quell'altro, quello che faceva con le dita. Ora non ricordo il nome.

– Come, con le dita?

– Sí. Usava uno skate in miniatura e lo faceva muovere con le dita.

– Ed esattamente cosa costruivano?

– Rampe. Per lo skate in miniatura.

– Ma suo figlio quanti anni aveva?

– All'epoca dodici, forse tredici anni.

– ...

– Non ve ne ha mai parlato?

Scossi la testa. – E voi, mi scusi, ma com'è che vi siete conosciuti?

– Questa è la storia. Potremmo metterla cosí, che era un giorno in cui eravamo soli. Tutti e tre. Lui, io e mio figlio. Mi sembra che una delle nipoti si fosse fatta male. Forse sua figlia?

– No, – dissi. – Immagino si tratti delle figlie di mia sorella –. In quel momento papà si girò sotto le lenzuola e socchiuse gli occhi. – Be', credo abbia ragione. C'è da scriverci qualcosa. Lei mi deve raccontare tutto.

– Mi sono addormentato, – bofonchiò papà con la voce impastata.

– Hai fatto bene, – dissi. Gli porsi un fazzoletto per asciugarsi le labbra e lo aiutai ad accomodarsi il cuscino dietro la schiena e a tirarsi su. – Senti, papà, c'è qui una persona. Dice che vi conoscete.

L'infermiera fece un passo avanti e si avvicinò al fondo del letto, appoggiò le mani sulla sponda. Papà la studiò alcuni istanti senza riconoscerla, incuriosito, poi fu come avesse assistito a una magia. Sgranò gli occhi. – Questa sí che è una sorpresa –. L'infermiera annuí. Si vedeva che anche lei era emozionata perché continuava a muovere le labbra indecisa su come sistemarle. Papà la osservò dai pantaloni alla punta dei capelli, passando per il tesserino appuntato alla casacca che riportava il nome e il cognome. – È diventata infermiera.

– A quanto pare.

– Mi fa davvero piacere.

– Già. E se è successo, lo sa, è anche grazie a lei...

– A me?

– Certo. Era stato lei a insistere perché ci provassi. Aveva continuato a battere su quel tasto, anche in modo fastidioso, se devo dirla tutta. Ma ha fatto bene. Perché in effetti c'ho provato.

– Ma pensa... – Papà guardò me. – È successo tutto molti anni fa –. Poi tornando a guardare la donna: – E suo figlio?

– Sta bene. Studia a Roma. Vive da mio padre.

– E cosa studia?

– Grafica. Qualcosa che ha a che fare con la grafica applicata al cinema.

– Ricordo quando veniva da me a costruire... Come si chiamava, quello skateboard piccolo che muoveva con le dita?

– Non lo ricordo neppure io.

– Ci faceva le acrobazie.

– E come no.

– Papà, – dissi fingendomi offesa, – non me lo hai mai raccontato.

Lui mi guardò e socchiuse gli occhi come per troppa luce. – Ah no?

– Be', è stata una cosa cosí... sarà andato cinque o sei volte, – disse l'infermiera.

Poi papà all'improvviso pronunciò il suo nome: Elena. Senza leggere il tesserino. Come se d'un tratto gli fosse tornato in mente. – Elena e Gaston.

– Proprio cosí, – fece lei.

– Ma lavora qui? Non l'ho mai vista.

– Sí.

– E dire che sono qui da un pezzo. Chissà quando mi faranno andare via.

– Lavoro in un altro reparto. Ieri, in accettazione, mi è caduto l'occhio su una cartella. Ho letto il suo nome. Poteva anche trattarsi di omonimia. Ma ho visto la residenza. Ed era proprio lei.

Papà annuí.

– Come si sente?

– Ammaccato. Stanco e ammaccato. Come se mi fosse crollata addosso una montagna intera. Pietre, boschi, marmotte. Tutto. Ma c'è chi si prende cura di me –. Mi cercò la mano sulle lenzuola e me la strinse.

– Questo è importante.

– Elena e Gaston, – ripeté osservandola, scandendo le parole. Era incredulo. – Quindi tutto è andato bene, alla fine –. Annuí a se stesso e a quella affermazione senza bisogno di attendere una risposta. Una folata di vento squassò il frassino che sparse coriandoli di luce sul pavimento, sulle lenzuola e sui nostri corpi. – Tutto è andato bene, – ripeté. – Questo mi fa felice.

Dopo esserci sentite piú volte mentre scrivevo questa storia, con Elena siamo rimaste in contatto e visto che sto lavorando a uno spettacolo che prevede dei contributi video mi ha passato il numero di Gaston. L'ho incontrato ieri. Ha ancora negli zigomi quella fierezza di cui parlava mio padre. Credo che lo coinvolgerò: è uno che ci sa fare.

Papà, dopo il ricovero per i coaguli nei polmoni, cercò inutilmente di continuare a imparare i nomi degli alberi ancora per un paio di anni. Poi, poco prima di festeggiare gli ottanta, un pomeriggio di agosto, cadde di nuovo, questa volta su un prato, non lontano dalla casa di Salgari, e non si rialzò piú.

La casa di Lungo Po Antonelli è ancora nostra. La usano Greta e Rachele che frequentano l'università a Torino. È bello che la usino loro due, che sia sempre piena di loro amiche e di loro amici, che si senta odore di marijuana e che ci facciano l'amore. Ed è bello che noi tre si abbia ancora un luogo in cui tornare di tanto in tanto, cosí, per dialogare con il tempo che passa, e cercare di farci pace.

Nota al testo.

I versi in epigrafe sono tratti da *Zio Bob e l'arte del racconto*, in R. Carver, *Orientarsi con le stelle*, trad. di R. Duranti e F. Durante, minimum fax, Roma 2006.

I versi a p. 90 sono tratti da *Il canto di me stesso*, in W. Whitman, *Foglie d'erba*, trad. di E. Giachino, Einaudi, Torino 2016.

I versi alle pp. 136 e 158 sono tratti da *La notte sull'isola*, in P. Neruda, *I versi del capitano*, a cura di G. Bellini, Passigli, Milano 2002.

La citazione a p. 153 è tratta da R. Ford, *Incendi*, trad. di R. Duranti, Feltrinelli, Milano 2009.

Questo libro è stampato su carta contenente fibre certificate FSC®
e con fibre provenienti da altre fonti controllate.

FSC www.fsc.org
MISTO
Carta da fonti gestite in maniera responsabile
FSC® C115118

Stampato per conto della Casa editrice Einaudi
presso ELCOGRAF *S.p.A. - Stabilimento di Cles (Tn)*
nel mese di settembre 2019

C.L. 24186

Edizione							Anno			
1	2	3	4	5	6	7	2019	2020	2021	2022